Zwölf Speisen
Zwölf Verbrechen

Hans-Erich Viet, Usch Luhn, Kai Kurgan, Ocke Aukes,
Bernd Flessner, Jutta Oltmanns, Anna Sophie Inden,
Jan Brandt, Anja Reuter, Andreas Scheepker,
Lübbert R. Haneborger und Silke Arends

Zwölf Speisen Zwölf Verbrechen

Mit original ostfriesischen Rezepten

Edition **OSTFRIESLAND MAGAZIN** | Premium

⅃ Ostfriesland Verlag – SKN

Zwölf Speisen – Zwölf Verbrechen

Mit original ostfriesischen Rezepten und Krimis von
Hans-Erich Viet, Usch Luhn, Kai Kurgan, Ocke Aukes, Bernd Flessner,
Jutta Oltmanns, Anna Sophie Inden, Jan Brandt, Anja Reuter,
Andreas Scheepker, Lübbert R. Haneborger und Silke Arends

Das Buch erscheint in der Edition Ostfriesland Magazin,
herausgegeben von Silke Arends und Lübbert R. Haneborger

1. Auflage 2016
ISBN 978-3-944841-29-8

Bibliografische Information der Deutschen Nationalbibliothek:
Die Deutsche Nationalbibliothek verzeichnet diese Publikation
in der Deutschen Nationalbibliografie; detaillierte bibliografische
Daten sind im Internet über http://dnb.dnb.de abrufbar.

Verlagsanschrift:
Stellmacherstraße 14, 26506 Norden
Internet: www.skn.info, E-Mail: verlag@skn.info

Lektorat: Inge Straatmann, Vera Wasilewski
Umschlaggestaltung / Layout: Wiebke Rocker
Konzept / Produktion: Silke Arends / Lübbert R. Haneborger
Kurz-Infos und Rezepte: Redaktion Ostfriesland Magazin

Bildbearbeitung: Karsten Patzelt

Anzeigenakquise: Werner Kuper
Grundschrift: Caslon Regular

Druck und Gesamtherstellung:
SKN Druck und Verlag GmbH & Co. KG / Printed in Germany

Fotos: ⅃ Ostfriesland Bild – SKN Druck und Verlag GmbH & Co. KG,
Sarah Brenneke (S. 90/91, 162/163), Hans-Peter Heikens (Titel), Anna Sophie
Inden (S. 26/27, 40, 42/43, 54, 89, 136/137, 146, 148/149, 160), Bianca Ites-Buck
(S. 10/11, 184), Larissa Jürjens (S. 24, 103, 118, 135, 174/175), Martin
Stromann (S. 70, 72/73, 172), Hans-Erich Viet (S. 56/57),
Autorenfotos (S. 186–189): Thomas Fröhling, Studioline Augsburg, Privat,
Tom Fischer, Andreas Riedel, Bianca Ites-Buck, Ewout Pijl, Lars Klemmer,
Hans-Erich Viet, Ilka Perk, Werner Reiners

Soviel steht fest: Dies sind Kriminalgeschichten, nicht mehr und nicht weniger. Nicht alle Personen und Handlungen sind frei erfunden. Die Kulissen ähneln der Realität. Und bleiben doch Kulissen.

Inhaltsverzeichnis

„Alle Dinge sind Gift, und nichts ist ohne Gift.
Allein die Dosis macht, dass ein Ding kein Gift ist. "
– Paracelsus –

Zwölf mörderische Speisen

Ein guter Weg zu Land und Leuten führt über die Küche. Schon Sokrates (469 bis 399 v. Chr.) wusste, dass „Essen und Trinken Leib und Seele zusammen[hält]". Dass Essen und Trinken auch zur regionalen und persönlichen Identitätsbildung beitragen, behielt er wohl für sich. Wer beispielsweise die Küche Bayerns kennt, weiß auch um die Seele der Bajuwaren, hat gewissermaßen vom Lebensgefühl im Freistaat gekostet.

Doch Knödel finden sich auch anderswo, sie heißen bloß anders. Teigklöße kommen nämlich traditionell auch in Ostfriesland auf den Tisch. Sie werden – je nach Landstrich – „Puffert", „Hüdel" oder „Mehlpüüt" genannt. Das sind Bezeichnungen, die nicht unbedingt Gaumenfreuden vermuten lassen, hinter denen sich aber Speisen verbergen, die gehaltvoll sind und vom Charakter der Küstenbewohner zeugen – so schnörkellos wie sturmerprobt, so bodenständig wie unverfälscht. Weil die ostfriesische Küche ihre eigene Geschichte hat, schmeckt es nicht selten deftig, wenn sich die Menschen hierzulande auf ihre kulinarische Tradition besinnen. Dazu gehören Gerichte wie „Puffert, Bohnen un Peren", „Snirrtjebraa", „Updröögt Bohnen" oder auch „Dröögt Hack", die über ihre Zusammensetzung und Zubereitung viel über das Leben und Arbeiten von einst verraten.

Die Rezepte in dieser Anthologie sind also besonders! Man muss nicht alles mögen, aber man sollte es probieren. Ob es einem bekommt, zeigt sich, wenn der Teller leer ist. Hier wie andernorts hat schon mancher Koch den Brei verdorben – ob nun aus Unvermögen oder aus Rache. Im schlechtesten Fall – so wie dieses Buch offenbart – endet der Genuss tödlich und ein Nebenbuhler oder Widersacher wird mit einer unvermuteten Zutat unter die heimatliche Erde befördert.

Nicht erst seit der Filmpersiflage „Eine Leiche zum Dessert" (aus dem Jahr 1976) dienen Speisen als bewährte Vehikel für Giftmorde. Von Agatha Christie sind Stoffe wie „Die Pralinenschachtel" bekannt, an der sich selbst Meisterdetektiv Hercule Poirot die Zähne ausbeißt. In „Hercule Poirot und der Plumpudding" und der Sherlock-Holmes-Geschichte „Der blaue Karfunkel" von Conan Doyle sind es hingegen Edelsteine, die sich in besagten Plumpudding und den Hals einer Weihnachtsgans verirrt haben. Dass vergiftete Speisen kein literarisches Verfallsdatum haben, zeigt deren Präsenz bis heute: So präsentiert beispielsweise die britische Erfolgsautorin M.C. Beaton in „Agatha Raisin und der tote Richter" eine Titelheldin, die in den Verdacht gerät, mit einer vergifteten Quiche gemeuchelt zu haben. Oft sind leibliche Genüsse auch Erkennungszeichen der Ermittler: So bevorzugt Maigret allabendlich einen Calvados, während die Kommissare Pepe Carvalho in Barcelona und Montalbano im sizilianischen Vigàta als praktizierende Gourmets gelten. So kommt es nicht von ungefähr, dass zu den Kriminalromanen von Simenon, Vázquez Montalbán oder Camilleri Koch- und Rezeptbücher erschienen.

Wir bescheren Ihnen mit dieser Anthologie beides: Mörderische Unterhaltung und kulinarische Exkurse. Auch ereignet sich mancher Mord jenseits des Tellerrandes! Sie indes müssen nur noch genießen!

Silke Arends und Lübbert R. Haneborger

Tee

Andreas Scheepker

Ostfrieslands schönste Teestunde

Der Summton des Backofens erklang. Hilke Reeners zog
das heiße Blech hervor. Perfekt. Goldbraun war der Teekuchen, keine blassen Stellen, keine dunkelbraunen Ränder, die
Kuchenplatte ebenmäßig, ohne große Auswölbungen oder
Vertiefungen. Die kleinen Einbuchtungen, auf die vor dem
Backen die Butterflocken gesetzt worden waren, in exakten
Abständen über die Fläche verteilt, und der aufgestreute Zucker ganz leicht karamellisiert. Vorsichtig löste Hilke die Kuchenplatte vom Blech, ihre Freundinnen Theda und Stefanie
halfen ihr. Sie lagen gut in der Zeit.

„Ostfrieslands schönste Teestunde" – mit diesem Motto
hatten die ostfriesischen Tageszeitungen und drei große
Teehandelsfirmen zu einem Wettbewerb rund um das ostfriesische Nationalgetränk eingeladen. Theda und Stefanie
hatten sie so lange bequatscht, bis Hilke einverstanden gewesen war. Ihre beiden Jungs hatten es ,cool' gefunden, dass
ihre Mama mitmachen würde, und ihr Mann hatte zustim-
mend gebrummt. Jetzt tat es ihr leid, dass sie mit dabei war,
denn auf einmal war Gesine wieder da in ihrem Leben.

Nachdem auf diversen Fernsehsendern Deutschlands beste Bäcker und Köche gesucht und gefunden worden waren,
sollte nun die schönste Teestunde in Ostfriesland ausgelobt
werden. Teilnehmen konnten Teams aus Familien, Vereinen,
Freundeskreisen und Nachbarschaften mit erstem Wohnsitz
in Ostfriesland.

Fast hundert Teams bewarben sich. Eine Jury wählte acht-
undvierzig aus. Davon luden vier Teams pro Woche die Jury
zu einer Teestunde ein, und die Jury wählte einen Wochen-

sieger. Die zwölf Wochensieger kamen dann in die Final-
runden, bis das Siegerteam feststand. Die Jury bemühte sich
um Wahrung des öffentlichen Friedens und überhäufte die
ausscheidenden Teams mit viel Lob und mit unangemessen
teuren Trostpreisen. Das öffentliche Interesse war enorm.
Ab der vierten Woche wurde jeden Tag ein fünfminütiger
Beitrag über die Teestunde des Tages bei „Hallo Niedersach-
sen" gesendet.

Hilkes Team war das erste, das ins Fernsehen kam. Ihre
Wochenaufgabe bestand darin, einen klassischen Elf-Ührtje-
Tee zuzubereiten. Während die anderen Teams sich gegenseitig darin übertrafen, kreative mehrschichtige Torten in neu
möblierten Wohnzimmern zu servieren, gab es bei Hilke,
Theda und Stefanie in der gemütlichen Wohnküche gebut-
terten Krinthstuut wahlweise mit Kümmelkäse, Butterkäse
oder ‚pur'. Dazu gab es einen klassischen Ostfriesentee. Ihr
Team ging als klarer Wochensieger in die nächste Runde; sie
hatten als einzige die Aufgabe fachgerecht gelöst.

Von nun an hätte die Sache Spaß machen können, aber in
der letzten Woche der Vorrunde war Hilke erstarrt, als sie
die Sendung mit dem letzten Team sah: Gesine Mannott.

„Du machst die Creme, dann kümmere ich mich um den
Vanillepudding", ordnete Theda an. Stefanie hatte begonnen, die Kuchenplatte zu zerschneiden: ein Drittel gefüllt
mit Pudding, ein Drittel mit Sahnecreme und ein Drittel
ungefüllt. Eine Teetafel für eine Trauerfeier – das war die
heutige Aufgabe gewesen. Der klassische Teekuchen hatte auch den Namen ‚Beerdigungskuchen', aber in seiner
Schlichtheit war er eine Herausforderung. Hilke, Theda
und Stefanie fühlten sich dieser Aufgabe gewachsen. In
sorgfältiger Weise würden sie die geforderten drei Sorten
Teekuchen herstellen und dazu einen kräftigen Assam-Tee
zubereiten.

„Noch nicht! Der Kuchen ist noch zu warm", raunte Theda Hilke zu, als sie den aufgeschnittenen Kuchen mit der Sahnecreme bestreichen wollte. Hilke war nicht bei der Sache. Sie musste sich konzentrieren. Sie lagen gut in der Zeit. Die anderen Teams schalteten ungeduldig an den Backöfen. Sie hatten zu viel Zeit mit der Herstellung aufwendiger Cremes und Verzierungen verloren. Ein Team wollte jedes Stück Kuchen mit einer gebrochenen Marzipanrose dekorieren.

„Einfach auskühlen lassen. Ganz in Ruhe, sonst schmilzt uns die Füllung", beruhigte Stefanie sie. Hilke nickte.

Vierzig Jahre hatten sie einander nicht gesehen. Und trotzdem war Gesine immer da gewesen in Hilkes Leben: im Hinterkopf, in Träumen, in Ängsten, in Unsicherheiten, in den Niederlagen ihres Lebens. Dabei waren sie und Gesine nie wirklich befreundet oder verfeindet gewesen. Sie hatten kaum mehr als ein paar Sätze miteinander gewechselt. Sie waren eher wie zwei Reisende mit unterschiedlichen Herkunftsorten und Zielen. Nur zufällig verbrachten sie einen Teil ihrer Lebensreise in demselben Zugabteil. Aber beide hatten es auf denselben Sitzplatz abgesehen.

Bis zur neunten Klasse war Hilke immer die Erste gewesen. Ohne besonderen Ehrgeiz und Fleiß, und ohne Druck durch die Eltern. Einfach so. Schon in der Grundschule las sie alle Texte so perfekt, als würde sie sie für ein Hörbuch aufnehmen. Alle Aufgaben rechnete sie ohne Zögern, als wäre es ein Weg geradeaus ohne Seitenwege oder Sackgassen. Hilke war immer die Erste ohne jede Überheblichkeit, so als wäre es ihr Platz, an den sie gehörte, so wie am Familientisch auf ihrem Stuhl.

Dann kam Gesine. Nun war Hilke auf einmal nicht mehr die Erste. Erhielt Hilke ihre Klassenarbeit mit 98 Prozentpunkten und der Note „sehr gut" zurück, erreichte Gesine meistens 100 Prozent. Zumindest 99. Bisher war Hilke mit ihrem Zeugnis die Beste gewesen. Nun erhielt Gesine immer vor den Sommerferien den Buchpreis für das beste Zeugnis mit knappem Vorsprung.

Hilke war verunsichert. Sie fühlte sich, als würde sie nach Hause kommen und auf ihrem Platz saß nun auf einmal jemand ganz anders. Gesine Mannott. Eigentlich änderte sich dadurch nicht viel. Da Hilke nicht besonders ehrgeizig war, waren ihre Freundinnen weiterhin ihre Freundinnen, und ihre Eltern freuten sich weiterhin über Hilkes gute Noten. Dieser kleine Unterschied änderte für Hilke alles. Sie hatte ihr sicheres Gefühl verloren.

Hilke war irgendwann auch nicht mehr die Zweite oder Dritte. Nach einem Schuljahr befand sie sich in dem, was ihre verständnisvollen Eltern ‚das gute Mittelfeld' nannten. Sie nahm fortan nicht mehr an den Wettbewerben ‚Jugend musiziert' teil, weil sie sich unsicher geworden war, ob ihr Talent dafür reichte. Nach der 12. Klasse verließ sie das Gymnasium mit dem Fachabitur. Und statt das gewünschte Studium der Tiermedizin zu beginnen, machte sie eine Ausbildung.

„Wir legen los", ordnete Theda an. Sie bestrich die unteren Kuchenhälften mit Pudding, Hilke übernahm die Sahnecreme und Stefanie kümmerte sich um den Tee. Als der Abschlussgong ertönte, warf Hilke einen Seitenblick auf die Ergebnisse der anderen Teams. Heute Abend würde der Tagessieger bekanntgegeben. Sie würden auf jeden Fall den ersten Platz machen. Aber in der nächsten Runde würden sie auf das Team von Gesine treffen.

Was aus Gesine Mannott geworden war, wusste Hilke nicht. Gut hatte sie ausgesehen in dem Fernsehbeitrag. Schlank, sportlich, sehr attraktiv für eine Endfünfzigerin. Vermutlich saß sie als leitende Juristin in einer Chefetage. Oder … Aber warum machte sie dann bei diesem Wettbewerb mit? Und warum lebte sie noch oder inzwischen wieder in Ostfriesland? Das musste sie ja, wenn sie an dem Wettbewerb teilnahm.

Unruhig fuhr Hilke nach Hause. Bis zur Bekanntgabe der Tagessieger wollte sie sich ausruhen, aber sie wusste, dass ihr das nicht gelingen würde. Also räumte sie ihre Ordner mit den Rezepten auf. Gesine war wieder da. Und sie würde Hilke in aller Selbstverständlichkeit und ohne jeden Hauch von Feindseligkeit auf den zweiten Platz und dann weiter ins Nichts abdrängen.

Noch einmal würde sie sich das nicht gefallen lassen. Hilke hatte sich neben ihrer Berufstätigkeit nahezu perfekt im Kochen und Backen weitergebildet. Ihre Backseminare im Norder Teemuseum waren so gefragt, dass es inzwischen lange Anmeldelisten gab. Regelmäßig wurden ihre Rezepte in den Zeitungen abgedruckt. Wenn es jemanden gab, der zu Ostfrieslands schönster Teestunde einladen konnte, dann war das niemand anders als Hilke Reeners. Von diesem ersten Platz würde auch eine Gesine Mannott sie nicht vertreiben. Niemals.

Hilke sah zur Uhr. Sie hatte nicht bemerkt, wie die Zeit verging. Gerade noch rechtzeitig kam sie in die Berufsschule, wo sich im Foyer so viele Zuschauer versammelt hatten, dass man zusätzliche Stühle aus den Klassenräumen hatte holen müssen. Ab fünf Uhr hatte man einen Zusammenschnitt des Wettbewerbstages gezeigt. Die besten Szenen: ruhiges Planen, dann beginnende Betriebsamkeit, Fehler, Hektik, Wut, Teamgeist und dazwischen viel angestrengter Humor.

Nach dem Applaus wurden die vier Teetische hereingefahren. Die Jury – bestehend aus einer ostfriesischen Autorin von Koch- und Backbüchern, dem Präsidenten der Ostfriesischen Landschaft, dem jüngsten Konditormeister Ostfrieslands und der Inhaberin von Ostfrieslands berühmtester Teestube – probierte die Teekuchenvariationen, befühlte, schmeckte und besah, befühlte und krümelte, lobte Harmonien von

Aromen, das Verhältnis von Volumen und Textur, Stabilität und Cremigkeit der Füllung und kam dann zu einem Urteil. Nach einem Moment der Stille wurde als zweiter Sieger ein Team aus Warsingsfehn bejubelt, und dann wurden Hilke, Theda und Stefanie nach vorn geholt.

Hilke sah die Freude und Begeisterung in Thedas und Stefanies Augen, und sie freute sich angestrengt mit. Sie hörte das Klatschen und Jubeln nicht. Sie dachte nur an Gesine, auf die sie in der kommenden Woche im Halbfinale treffen würde.

Die Woche verging wie im Fluge. Hilke und ihre Freundinnen hatten Urlaub genommen und trafen sich täglich, um mögliche Aufgabenstellungen und Rezeptvorschläge zu diskutieren. Eine festliche Teestunde mit Torte war bisher noch nicht als Aufgabe gestellt worden, ebenso waren eine weihnachtliche Teetafel oder ein Tee mit Butterbrotvariationen noch nicht vorgekommen. Keine dieser Aufgaben würde Hilke und ihre Freundinnen aus der Ruhe bringen.

Als die Teams sich am Samstagmorgen im Foyer der Berufsschule trafen, versuchte Hilke ihre ehemalige Schulkameradin auf eine Weise nicht zu beachten, dass es auf keinen Fall als bewusstes Nichtbeachten wahrgenommen werden konnte. Gesines Seitenblicke bemerkte sie trotzdem.

Theda öffnete den Briefumschlag mit der Aufgabe und einem Einkaufsgutschein: eine sonntagnachmittägliche Teestunde mit zwei Geburtstagstorten und Kleingebäck wurde gefordert.

Hilke konzentrierte sich voll und ganz auf ihre Aufgaben. Alle Erinnerungen an Gesines erste Plätze und Hilkes Platzverweise, an Unsicherheiten und Selbstzweifel – sie alle wurden weggerührt, weggeknetet, weggeschmeckt und weggebacken. Und am Ende hatten die drei eine majestätische Ostfriesentorte mit Schlagsahne und in Branntwein eingelegten Rosinen und eine fruchtig frische und rotleuchtende

Erdbeertorte gezaubert, dazu gab es als Kleingebäck goldgelbe Ostfriesische Leidenschaften, knusprig gebackene Blätterteigbrezeln, und einen charaktervollen Assam-Ceylon-Tee. Als um 18 Uhr die Verkündung der beiden Tagessieger anstand, spürte Hilke die starke Anspannung und gleichzeitig die Lähmung, die sie hinderte, etwas zu tun. Sie ließ sich von Theda und Stefanie zu ihrem Präsentiertisch dirigieren. Nur eines gelang ihr: nicht zu Gesine hinzusehen.

Die Jury betrat den Raum, um die beiden Tagessieger zu verkünden, die am kommenden Samstag im Finale gegeneinander und gegen die beiden Teams aus dem anderen Halbfinale antreten würden. Hilke sah, dass die Jurymitglieder angespannt aussahen. Offensichtlich waren sie sich bis gerade eben noch nicht einig gewesen, welches Team wie bewertet werden sollte.

Als die Tagessieger verkündet wurden, stand für Hilke einen Moment die Zeit still. Tomma Rosenboom, die in dieser Woche Sprecherin der Jury war und als Autorin zahlreicher Backbücher in diversen Koch- und Backshows auftrat, bemühte sich um Gelassenheit. Sie erklärte, dass es der Jury diesmal unmöglich gewesen sei, einen Tagessieger zu küren, weil zwei Teams eine Teestunde von solcher Qualität präsentiert hätten, dass sie da an ihre Grenzen gekommen wären. Zuerst lobte sie Hilkes Team für die Ausführung ihrer Erzeugnisse, die an handwerklich extrem hoher Qualität nicht mehr zu überbieten wären. Tosender Applaus. Hilke stand stocksteif. Sie hatte das Gefühl, eine Neuverfilmung eines sehr bekannten Stoffes zu erleben.

Dann stellte sich Tomma Rosenboom zu Gesine und ihrem Teestunden-Team. Hilke sah auf die prächtige Rumflockentorte und eine imposante Stachelbeer-Baiser-Torte. Dazu gab es feinstes Buttergebäck. Tomma Rosenboom erklärte: „Wenn wirklich ein Tagessieger festzuhalten ist, dann ist so wie im Sport, wo vielleicht hundertstel Sekunden einen Sieger ermitteln, wenn beide gleichzeitig ins Ziel gehen. Eigentlich haben wir zwei erste Sieger. Wenn wir den besonderen Schwierigkeitsgrad der Rumflockentorte und der Baisertorte berücksichtigen, dann liegt das Team Gesine Mannott um eine knappe hundertstel Sekunde vorn."

Hilke bekam gar nicht mehr mit, wie die beiden anderen Teams beklatscht wurden. Am Sonntag vergrub sie sich in ihrem Haus. Ihr Mann und ihre Kinder ließen sie in Ruhe.

Am Montagmorgen stand Hilke früh auf. Sie spürte auf einmal eine Kraft und Entschlossenheit, wie sie sie nur selten in ihrem Leben empfunden hatte. Sie würde um jede hundertstel Sekunde mit Gesine kämpfen um den ersten Platz. Nicht einen Deut würde sie nachgeben. Sie war zu allem entschlossen. Am Vormittag telefonierte sie ein bisschen und ließ Beziehungen spielen. Bald hatte sie die Adresse ihrer ehemaligen Klassenkameradin herausgefunden. Sie würde zu ihr hinfahren und ihr die Meinung sagen. Sie würde Gesine zur Rede stellen, warum sie nach vierzig Jahren wieder in ihrem Leben auftauchte. Entweder würde Gesine ihre Bewerbung zurückziehen, oder Hilke würde aussteigen. Das würde sie ihr sagen.

Ihre Finger zitterten, als sie Gesines Nummer wählte. Hilke hoffte, dass ihre Stimme nicht auch zittern würde, wenn sie telefonierten.

„Gesine Mannott"
„Hier ist Hilke. Hilke Reeners."
„Ich wusste, dass du anrufst."
„Können wir uns treffen? Ich möchte etwas mit dir besprechen."
„Ich möchte auch etwas mit dir besprechen. Am besten jetzt gleich. Dann haben wir es hinter uns. Bei mir zu Hause."

Hilke packte ihre Handtasche mit einem Scheckbuch, mit Pfefferspray und mit einem Brieföffner. Für alle Fälle.

Eine halbe Stunde später stand sie vor einer Wohnanlage, die schon bessere Zeiten gesehen haben musste. Hilke hatte sich das Zuhause ihrer ehemaligen Mitschülerin völlig anders vorgestellt: ein repräsentatives Landhaus mit Reetdach, wo sie mit ihrem ebenfalls repräsentativen Ehemann residierte. Noch bevor sie die Klingel drücken konnte, summte es.

Als Hilke im zweiten Stock ankam, stand Gesine schon in der Tür. „Das Wetter ist schön. Wir setzen uns auf die Dachterrasse", stellte sie fest.

Die Bodenfliesen auf dem Balkon waren grün vor Algen. Und das wenig vertrauenerweckende Holzgeländer, das den Balkon umfasste, war ebenfalls grün und konnte einen Anstrich gut vertragen. Sie saßen auf billigen Gartenstühlen an einem wackeligen Campingtisch.

Gesine bot nichts an. Stattdessen funkelte sie Hilke feindselig an. „Und?", fragte sie mit kaltem Zorn. „Was hast du zu sagen? Du bist ja sicher nicht gekommen, um eine nie dagewesene alte Schulfreundschaft zu beleben, oder?"

Hilke war verunsichert. Die Wut, die ihr entgegenschlug, irritierte sie. Sie hatte eine selbstbewusste Frau erwartet, die sich schon als Siegerin wusste und ihre ehemalige Mitschülerin mit freundlicher Herablassung behandelte. Sie fasste sich ein Herz und sagte: „Du oder ich, Gesine. Ich werde am Sonnabend nicht gegen dich antreten. Ich werde zurückziehen, oder du ziehst zurück."

Gesine schlug mit der flachen Hand auf den Tisch. „Zurückziehen? Niemals!" Mit verkniffenen Augen starrte sie Hilke an. „Was du mir in unserer Schulzeit angetan hast, werde ich dir nie verzeihen. Aber ich will dir wenigstens etwas davon heimzahlen. Wahrscheinlich hast du gar keine Ahnung, wovon ich rede."

Hilke sah sie verdutzt an. „Du warst doch immer die Erste, Gesine! Bevor du in unsere Klasse kamst, war ich immer die Nummer eins. Das war mein Platz. Und dann kamst du. Im-

mer warst du mir voraus, und ich war nur noch die Zweite.
Egal ob in Mathe oder beim Hundertmeterlauf oder bei Udo,
den du mir ausgespannt hast. So war es doch." Hilke staunte
selber über die Energie, mit der sie jetzt sprach.

Wutentbrannt sprang Gesine von ihrem Platz hoch. „Ja,
die Nummer eins, das war dein Platz, und dann hatte ich
ihn. Aber da gab es einen kleinen Unterschied. Du throntest
wie eine Königin auf dem ersten Platz, aber für mich war
es ein Arbeitsplatz. Was du als selbstverständlich genommen
hast, dafür musste ich hart arbeiten und alles geben. Und egal,
wie viel ich gelernt hatte, egal wie viel ich gearbeitet hatte: es
reichte immer nur knapp über das hinaus, was du ohne große
Mühe erreicht hast. Und egal, wie ich mich angestrengt habe:
du warst mir immer mühelos ganz dicht auf den Fersen. Ich
durfte nie nachlassen, ich musste immer unter Druck leben.
Zuerst haben meine Eltern den Druck gemacht, und dann
war es gar nicht mehr nötig, da war dieser Druck dann in mir
und hat alles kaputt gemacht. Danke für die schöne Jugend-
zeit."

„Aber du hast doch alles erreicht …", wollte Hilke einwen-
den.

„Nichts habe ich! Mein Studium habe ich im Examen
abgebrochen. Ich bekam auf einmal das Gefühl, ich werde
nicht gut genug sein. Ich werde es nicht schaffen, die Erste
zu sein." Gesine schluckte. „Meinen Mann habe ich durch
meine Eifersucht verscheucht. Meine beiden Töchter sind
dann zu ihm gezogen, weil sie es mit ihrer krankhaft ehrgeizigen Mutter nicht aushalten konnten. Und ich bin von
meinem Schreibtischjob inzwischen frühpensioniert. Meine
Cousinen haben mich überredet, bei diesem schwachsin-
nigen Wettbewerb mitzumachen. Im Kochen und Backen
war ich tatsächlich immer eine Nummer eins, ohne dass ich
mich groß anstrengen musste. Und nun tauchst du wieder auf
und in aller ruhigen Selbstverständlichkeit knetest du deine

Kekse und setzt dein Teewasser auf."

„Ja", sagte Hilke unvermittelt.

„Nein!", schrie Gesine und starrte sie hasserfüllt an. „Du oder ich! Du hast es vorhin selbst gesagt."

„Ich glaube, ich werde jetzt gehen", sagte Hilke und stand auf. In diesem Moment stürzte sich Gesine auf sie und drückte sie gegen das Balkongeländer.

Hilke sah nach unten aus dem zweiten Stock auf das Kopfsteinpflaster. Sie bekam Panik. „Lass mich endlich los", schrie Hilke und stieß Gesine zurück. Aber die griff sofort wieder an. Hilke hörte, wie das Geländer ächzte, und sie spürte, wie das Holz nachgab.

Sie fielen beide. Gesine war wie immer die Erste. Hart schlug sie auf dem Steinpflaster auf. Und Hilke hatte das Glück, wieder die knappe Zweite zu sein. Sie fiel vergleichsweise weich auf ihre Gegnerin. Der Sturz war trotzdem schmerzhaft, und Hilke blieb einen Moment liegen, bis ihr bewusst wurde, wo sie lag und vor allem auf wem sie lag. Mühsam rappelte sie sich auf und erhob sich. Sie blieb einen Moment stehen, sah auf Gesine, wie sie da lag und wusste, dass ihre ehemalige Mitschülerin nie wieder aufstehen würde. Und sie sah sich um und wurde gewahr, dass niemand etwas gesehen hatte. Konnte das wirklich sein? Benommen wankte sie zu ihrem Auto. Sollte sie den Rettungsdienst anrufen? Ihren Mann? Sie war unfähig, einen klaren Gedanken zu fassen. Sie wollte nur noch nach Hause.

Am Dienstag wurden alle Wettbewerbsteilnehmer zu einer Besprechung eingeladen. Sie wurden von der Jury von dem tragischen Unfalltod ihrer Mitspielerin informiert. Das Finale würde aber wie geplant am Sonnabend stattfinden, natürlich ohne das Team von Gesine Mannott. Tomma Rosenboom erklärte, dass es sicher nicht im Sinne der Verstorbenen wäre, den Wettbewerb, an dem sie so engagiert teilgenommen hätte, nun ihretwegen abzubrechen. Oder?

Eine Teestunde im Advent. Dieses Thema hatten die verbliebenen drei Teams am nächsten Morgen bekommen: die drei Männer aus der Männerkochgruppe der Kirchengemeinde Walle, die drei backbegeisterten Nachbarinnen aus Berum und das Team Hilke, Theda und Stefanie.

Und nun standen sie zehn Stunden später auf der Bühne der Auricher Stadthalle. Der Bürgermeister begrüßte sie mit freundlichen Worten und die Jury lobte den kräftigen Ostfriesentee im klassischen rotgrün gemusterten Geschirr. Die Männer aus Walle erhielten Komplimente für ihre nahezu perfekten Dominosteine und die Marzipantorte. Die Nachbarinnen aus Berum erhielten anerkennende Kommentare für ihre Lebkuchentorte und die hauchdünn gebackenen Butterspekulatius.

Für Hilke blieb noch einmal die Zeit stehen. Mit strahlendem Lächeln kamen Tomma Rosenboom und die anderen Jury-Mitglieder auf ihren Tisch zu, tranken einen Schluck Tee und überschlugen sich vor Respekt und Lob für die erstklassigen Zimtsterne und den perfekten Weihnachtsstollen. Auch der dezent mit Weihnachtsgewürzen aromatisierte Ostfriesentee machte einen hervorragenden Eindruck.

Tomma Rosenboom legte Hilke die Hand auf die Schulter und ergriff das Wort. „Wir gratulieren euch zu dem hervorragenden Ergebnis. Ihr habt zu Ostfrieslands schönster Teestunde eingeladen. Aber sicher seid ihr mit uns einer Meinung, dass wir den ersten Preis in stillem Gedenken an Gesine Mannott verleihen. Ich hoffe, Hilke, Theda und Steffi sind mit dieser wunderbaren Geste und mit einem besonders ehrenwerten zweiten Platz einverstanden."

Tee

Ostfriesland – Teeland: Die Ostfriesen trinken etwa elf-
mal mehr Tee als die übrigen Deutschen. Und da man sagt,
„Ostfriesische Gemütlichkeit hält stets ein Tässchen Tee bereit", verwundert es nicht, dass die Teekanne in vielen ostfriesischen Haushalten tagsüber nicht kalt wird. Echter Ostfriesentee ist eine Mischung aus in der Regel mehr als zehn
unterschiedlichen Teesorten, wobei die Assams dominieren.
Je nach Teemarke werden darüber hinaus Java-, Ceylon-, Su-
matra- und Darjeelingsorten zugemischt.

Ostfriesen trinken ihren Tee mit Kandis (plattdeutsch
„Kluntje") und Sahne. Dabei sind sie nicht knauserig. Es
heißt: „Kluntje – so groot as en Sliepsteen" (Kandis – so groß
wie ein Schleifstein). Und es heißt: „Dree Tassen Tee sünd
Oostfresenrecht" – Drei Tassen Tee sind Ostfriesenrecht!
Traditionell werden hierzulande mindestens drei Tassen Tee
getrunken. Wer vergisst, seinen Löffel in die Tasse zu stellen,
bekommt immer wieder nachgeschenkt.

Zubereitung

Die Teekanne mit kochend heißem Wasser ausspülen, zweieinhalb Maß Ostfriesentee (entspricht etwa zweieinhalb bis dreieinhalb Kaffeelöffel) in die Kanne geben und mit einem Liter kochendem Wasser übergießen. Der Tee sollte drei bis maximal fünf Minuten ziehen. Der Kandis wird in die Tasse gelegt und mit dem heißen Tee übergossen, wodurch der Kandis knackt und knistert und langsam schmilzt. Die Tassen sollten nur etwas mehr als halbvoll gefüllt werden. Dann den Sahnelöffel in der eigenen Teetasse anfeuchten, etwas Sahne aufnehmen und diese vorsichtig am Rand der Tasse absetzen. Die kalte Sahne läuft in dem heißen Tee nach unten und steigt wie eine Wolke auf. Umgerührt wird der Tee nicht, sondern „dreistöckig" getrunken. Der Teetrinker schmeckt also zunächst die Milde der Sahne, dann die Herbheit des heißen Tees und schließlich die Süße des Kandis.

Tipp

Je kürzer der Tee zieht, desto anregender ist er. Das heißt auch: Je länger er zieht, desto beruhigender ist seine Wirkung. Dafür sind die in den Teeblättern enthaltenen Wirkstoffe Tein und Tannin verantwortlich. Das Tein löst sich während der ersten zwei bis drei Minuten nach dem Aufgießen. Es hat eine belebende Wirkung auf das Zentralnervensystem. Das Tannin wird wiederum nach weiteren vier bis fünf Minuten freigesetzt. Es wirkt mit seinen Gerbstoffen beruhigend auf den Magen-Darm-Trakt. Stets wird dieselbe Teekanne genommen, die plattdeutsch „Teepott", „Treckpott" oder „Treppott" heißt. Beim Abwaschen wird die Teekanne innen mit lauwarmem Wasser ausgespült – Spülmittel ist verpönt. So ist nämlich gewährleistet, dass die Kanne das Teearoma annimmt. Die sich bildende bräunliche Patina fördert den Geschmack und sollte zugunsten des Aromas nicht entfernt werden.

Teekuchen

Silke Arends

Mitgift für den Führer

„Feinsliebchen", sagte er zu ihr. Seit er sie das erste Mal
hatte küssen dürfen, sagte er „Feinsliebchen" zu ihr. Es hatte
eine lange Weile gedauert, bis sie es zugelassen hatte, dass
er sie küssen durfte. Er, der hochgewachsene Mann aus der
Fremde, aus der großen, der weltbekannten Stadt. Sie, das
längst gereifte Mädchen aus dem Fischerdorf.
   Zum ersten Mal war ihr Clemens in der Kirche begegnet. Er saß aufrecht in der ersten Bank. Er saß alleine, den
Hut neben sich und harrte dem Beginn des Gottesdienstes.
Während die Glocken lautstark zum sonntäglichen Glau-
bensbekenntnis riefen, strebte Luise gewohnt eilfertig und
geräuschlos durch das Kirchenschiff und händigte den Frau-
en und Männern mit den ihr bekannten Gesichtern in den
Reihen rechts und links die Gesangbücher aus. Dabei sah sie
kaum auf und nickte ihnen nur flüchtig zu. Und schließlich,
der Organist setzte obligatorisch kraftvoll zum Vorspiel an,
erreichte sie gesenkten Blickes die erste Bank, als sie diesen
Duft wahrnahm. Seinen Duft. Eine Ledernote mit Rosmarin, Orange, Bergamotte, Zeder, Sandelholz und Ambra –
vereint im Eau de Toilette „Knize Ten" des Herrenausstat-
ters „Kniže & Comp.", k. u k. Hoflieferant in Wien.

   Als Apothekertochter glaubte sie die Nuancen des Duft-
wassers zu erkennen, von der kaiserlichen und königlichen
Herkunft erfuhr sie erst später. Da hatten sie sich mehr als
ein Dutzend Mal zu Strandspaziergängen getroffen, da hatte er mehr als ein Dutzend Mal im Abendlicht ihre Hand
gehalten und ihr zärtlich die rotblonden Haarsträhnen aus
dem Gesicht gestrichen, wenn der Wind aufgefrischt hatte.

Bei Flut hatten sie der Akrobatik der Möwen zugesehen, die sich in unermüdlicher Laune über der Brandung erprobten. Sie flogen hoch auf, um im Nu wieder herabzufallen – so elegant wie tollkühn und tollpatschig, um im nächsten Moment gravitätisch am Meeressaum entlang zu staksen. Bei Ebbe hatte Clemens Theodor Storms Verse „Über die feuchten Watten spiegelt der Abendschein … und „Ich höre des gärenden Schlammes geheimnisvollen Ton" rezitiert. Gemeinsam hatten sie dem Knistern des Watts und dem Wind gelauscht. Und dann, eines Abends, hatte Clemens sie an sich gezogen und geflüstert: „Sommersprossen, Luise, sind Gesichtspunkte, die man küssen kann" – und sie hatte es zugelassen, hatte ihre Augen geschlossen und seinen Kuss, der ihr erster war, erwidert.

Anfang März 1932 war Clemens nach Horumersiel gekommen. Neben der Erholung an der See hatte er sein Romanmanuskript vollenden wollen. Im Strandhotel „Zur schönen Aussicht" fand er eine Unterkunft, in Luise fand er seine Muse. Sie verströme jene besonnene, beseelte, ihn inspirierende Ruhe, nach der er an seinem Schreibtisch zu Hause vergebens gesucht habe, eröffnete er ihr noch am ersten Abend. Und Luise errötete. So wie sie fortan errötete, wenn er sie dazu ermunterte, ihn anzuschauen. Er glaubte in ihren meergrünen Augen einen Ozean aus Sanftmut zu entdecken und zugleich ein Aufbegehren, von dem sie offenbar nichts ahnte.

„Selig sind die Sanftmütigen, denn sie werden das Erdreich besitzen", neckte Clemens sie bisweilen – und sie lächelte und schlug im nächsten Moment die Augen nieder. „Selig sind die Sanftmütigen, denn sie werden das Erdreich besitzen", sagte Clemens auch an jenem Abend nach ihrem ersten Kuss und zog sie an sich. „Deine Sanftmut, deine Milde, deine Herzensgüte sind sprichwörtlich augenfällig,

Feinsliebchen! Und zugleich glaube ich in deinen Augen diesen Hauch von Widerspruch, von Rebellion zu sehen … Doch es obsiegt die Sanftmut! Ich muss es doch wissen! Ich, ‚Clemens‘, das da heißt ‚der Sanftmütige‘. Mithin, darum sind wir eins, nicht wahr? Feinsliebchen, vielleicht erzählt uns auch davon der Wind!?"

Luise wusste nicht, wie lange Clemens in Horumersiel bleiben würde und sie fragte ihn nicht danach. Täglich sah sie ihn schreibend auf der Hotelveranda sitzen, die den Blick auf den Deich freigab. Oder sie sah ihn, wie er über den Deich schlenderte, die Männer im Hafen mit dem Hut grüßend. Sie beobachtete ihn, ohne dass er sie bemerkte. Sie vergaß darüber die Zeit, und so ließ sie ihn manchmal über Stunden nicht aus den Augen. Und dann gab es jene späten Nachmittage, an denen er sie zu einem Tee auf die Hotelveranda einlud. „Stelldichein" nannte Clemens diese gelegentlichen Teestunden, in denen er hin und wieder nach ihrer Hand griff und von Berlin – nach London und New York die drittgrößte Stadt der Welt – und von der gedeihlichen Entfaltung seines Manuskriptes plauderte. Sie saßen ein jedes Mal an einem entlegenen Tisch in der Ecke, und da es im Hotel in diesen Wochen kaum Gäste gab, wähnten sie sich allein.

Ihre abendlichen Spaziergänge am Strand indes blieben den Leuten im Hafen und im Dorf nicht verborgen. Ihr, der blutarmen Apothekertochter, dem längst gereiften Mädchen, ihr war doch nie ein Mann gut genug gewesen, wurde getuschelt. Und, hatte es überhaupt je einen gegeben?

Und er, der imponierende Mann aus der großen Stadt, der seinen Hut so selbstsicher trug, er suche doch nur das kurze Vergnügen, war man sich einig. So verging der März, so vollzog der April seine Kapriolen, so begann der Mai.

Stillschweigen hatte er zu wahren, war Fritz Tiarks ange-
wiesen worden. Doch schon bald sprach sich die Nachricht
herum, dass Adolf Hitler, der Führer der Nationalsozialis-
tischen Partei Deutschlands, vom 21. bis zum 27. Mai in
Tiarks Hotel „Zur schönen Aussicht" logieren würde. Von
Horumersiel aus würde er den oldenburgischen Wahlkampf
bestreiten. Die Reichspräsidentenwahl, bei der Adolf Hitler
Reichskanzler Paul von Hindenburg herausgefordert hatte,
lag erst fünf Wochen zurück. Die Stimmung in Deutschland
war angespannt, die politische Situation prekär – längst wurde von einer Krise gesprochen. Hitler war Hindenburg zwar
auch im zweiten Wahlgang der Reichspräsidentenwahl un-
terlegen gewesen, doch war es ihm gelungen, viel von jenem
Boden gutzumachen, den er so oft beschwor – zwei Millio-
nen Stimmen hatte er in nur vier Wochen dazugewonnen.
　Nun, Ende Mai 1932, stand der Landtag des Freistaates
Oldenburg vor Neuwahlen und Hitler wollte in Bad Zwi-
schenahn, Cloppenburg, Delmenhorst, Rodenkirchen, Wilhelmshaven und in Oldenburg sprechen. Der Führer war in
Begleitung von mehr als einem Dutzend Mitstreiter nach
Horumersiel gekommen. Man gab sich gewohnt kämpferisch,
siegessicher. Schon bei den Wahlen zum Oldenburger Stadt-
rat am 9. November 1930 hatte die NSDAP triumphiert.
　Adolf Hitler bewohnte ein Zimmer im ersten Stock – wie
im Vorjahr, 1931. Da war er am 11. Mai abends spät und
unangekündigt mit seinen Gefolgsleuten in Horumersiel erschienen und nur eineinhalb Tage geblieben. Obschon das
Hotel für die Saison vorbereitet worden war, hatten er und
seine Begleiter im Haus übernachten können. Hitler hatte tags darauf in Jever gesprochen, war am Strand spazieren gegangen und hatte die Rettungsstation der Deutschen
Gesellschaft zur Rettung Schiffbrüchiger besucht. In diesem
Jahr, bei diesem neuerlichen Aufenthalt sollte mehr Zeit für
Muße bleiben.

„Feinsliebchen", sagte Clemens, strich Luise über die Wange und küsste sie behutsam. Der Maiabend war lau. Die See glänzte und lag ruhig. Die untergehende Sonne ließ ihr Rot verschwenderisch über die Himmelsleinwand fließen. Kleine Wellen umspülten Luises nackte Füße. „Feinsliebchen!" Clemens küsste sie erneut. Luise genoss die Berührung seiner Lippen und seinen Duft. Eine Ledernote mit Rosmarin, Orange, Bergamotte, Zeder, Sandelholz und Ambra. „Deinen Duft … ich werde ihn immer bei mir tragen", hörte sie sich selbst sagen und suchte zaghaft seinen Blick. „Kniže & Comp., k. u k. Hoflieferant in Wien", schmunzelte Clemens. „Ein Österreicher, den ich wahrlich gut leiden kann. Ein anderer Gebürtiger logiert seit gestern mit seinem Gefolge in meinem Hotel. Auf demselben Flur. Aber was rede ich, aus dem staatenlosen Herrn Hitler ist doch vor ein paar Wochen ein Deutscher geworden."

Clemens war stolz darauf, Berliner zu sein. Die pulsierende Stadt mit all ihren Möglichkeiten und Machenschaften, mit all ihren Verlockungen und Verwerfungen würde er nicht missen wollen, ließ er sie an diesem Abend nicht zum ersten Mal wissen. Wenngleich er als Literat einer von vielen sei und in den Salons nach Geltung haschen müsse. „Ein eitles Unterfangen – so wie das Haschen nach Wind. Es ist – weiß Gott – schon so mancher Großstadtroman pointiert geschrieben worden. Und was kommt am Ende dabei heraus?! Man kann gespannt sein, wie lange der Kästner noch ungehindert fabulieren darf", sinnierte Clemens und fixierte den glühenden Horizont.
Und dann erzählte er vom Anruf seines Verlegers. Er müsse übermorgen in Berlin vorstellig werden. „Meine Manuskriptvorlage scheint zu gefallen, das Exposé liest sich vielversprechend, sagen sie. Diese Abgeschiedenheit mit dir an der See und meine Geduld haben es erbracht. Selig sind die

Sanftmütigen, denn sie werden das Erdreich besitzen. Feinsliebchen … alles hat seine Zeit … So denn! Du und ich …
wir hatten wundervolle Wochen, eine unvergessliche Zeit."

An diesem Tag war im Strandhotel „Zur schönen Aussicht"
ein Brief aus Berlin eingetroffen. _„Sehr geehrter Herr Hitler",_
schrieb Helene Bertha Amalie Riefenstahl. _„Vor kurzer Zeit_
habe ich zum ersten Mal in meinem Leben eine politische Ver-
sammlung besucht. Sie hielten eine Rede im Sportpalast. Ich muß
gestehen, daß Sie und der Enthusiasmus der Zuhörer mich beein-
druckt haben. Mein Wunsch wäre, Sie persönlich kennenzulernen.
Leider muß ich in den nächsten Tagen Deutschland für einige
Monate verlassen, um in Grönland zu filmen. Deshalb wird ein
Zusammentreffen mit Ihnen vor meiner Abreise wohl kaum noch
möglich sein. Auch weiß ich nicht, ob dieser Brief jemals in Ihre
Hände gelangen wird. Eine Antwort von Ihnen würde mich sehr
freuen. Es grüßt Sie vielmals Ihre Leni Riefenstahl."
    Der Brief war an das „Braune Haus" der NSDAP in Mün-
chen adressiert und von dort nach Horumersiel ins Hotel
„Zur schönen Aussicht" gelangt. Es war Wilhelm Brückner, der Adjutant des Führers, der die Post sortierte und als
erster der Absenderin gewahr wurde. Handelte es sich um
eine Gambade, um einen Zufall oder um eine Anwandlung
des Schicksals, das einen zuvorkommenden Bogen von Horumersiel nach Berlin und wieder zurückgeschlagen hatte?
Nur wenige Stunden vor Eintreffen des Briefes hatte Brückner mit dem Führer einen Strandspaziergang unternommen
und der Mann aus dem österreichischen Braunau, den der
Freistaat Braunschweig unlängst zu seinem Gesandten er-
nannt hatte und der sich seither Deutscher nennen durfte,
hatte von Leni Riefenstahl erzählt, wenn nicht geschwärmt.
„Das Schönste, was ich jemals im Film gesehen habe, war
der Tanz der Riefenstahl am Meer im ‚Heiligen Berg'", hatte
Hitler mit Blick auf die Nordsee zu Brückner gesagt.

„Hier spricht Brückner, Adjutant des Führers", ging noch am selben Tag ein Anruf bei Leni Riefenstahl ein. „Der Führer hat Ihren Brief gelesen und ich soll fragen, ob es Ihnen möglich ist, morgen für einen Tag nach Wilhelmshaven zu kommen. Wir würden Sie am Bahnhof abholen und mit dem Auto nach Horumersiel fahren, wo sich der Führer zur Zeit aufhält. – Sie könnten in der Früh in Berlin abfahren und würden um vier Uhr nachmittags in Wilhelmshaven eintreffen."

Es war Sonntag, doch heute würde sie dem Gottesdienst fernbleiben. Luise trug ihr cremeweißes Sommerkleid, als sie an diesem Morgen das Hotel betrat. Mit steifen Schritten trat sie zunächst vor die Rezeption – der Kalender mit der täglichen Bibellosung zeigte in großen Ziffern das Datum vom 22. Mai 1932 –, doch niemand nahm Notiz von ihr. Somit fiel nicht auf, dass sie all ihre Konzentration darauf verwenden musste, ihre Hände ruhig zu halten. Dann ging sie in den Gastraum. Auch hier war niemand zu sehen. Schließlich näherte sich Fritz Tiarks durch eine geöffnete Tür, die in die Küchenräume führte. Er runzelte die Stirn, als er sie sah. „Luise, was bringst du uns", gab er sich Mühe, freundlich zu klingen und blickte scheel auf das verschnürte Päckchen in ihren Händen.
„Ein Präsent für Clemens, den Herrn … den Gast aus Berlin. Heute Mittag soll doch seine Abreise sein. Darum bin ich hier." Luise bemühte sich, ihrer Stimme einen gleichmütigen Tonfall zu geben und straffte den Rücken. Fritz Tiarks zog erstaunt die Augenbrauen hoch und deutete ein mitleidiges Lächeln an. „Der Herr Clemens, Luise, also der Herr, der sich glattweg Brentano nannte … der ist am sehr frühen Morgen abgereist. Das mit seinem Namen war ja Prahlerei, aber er hat anständig bezahlt. Sein Buch ist fertig, hat er gesagt. Und sonst aber nichts."

Luise legte das Päckchen auf den langen Holztresen und ging. Fritz Tiarks sah ihr kurz nach und eilte in die erste Etage. Adjutant Brückner hatte nach ihm verlangt.

Am Mittag, das Päckchen lag immer noch auf dem Tresen im Gastraum, entschied sich Moderina, das Hausmädchen, es vorsichtig zu öffnen. Ein goldgelb gebackener Butterkuchen kam zum Vorschein. Zart nach Mandeln duftend, üppig mit Creme gefüllt, reichlich mit Zucker bestreut. Moderina widerstand dem Drang, ein wenig davon zu kosten, denn plötzlich vernahm sie feste Schritte. Wilhelm Brückner stand vor ihr. Für den Nachmittag um 17 Uhr erwarte Herr Hitler Besuch aus Berlin. Bis dahin wolle er sich die Zeit bei einem Tee auf der Veranda vertreiben. Auch Gebäck oder Kuchen wären angenehm, wies Brückner auf das geöffnete Päckchen. „Ein wenig Müßiggang und dazu eine regionale Spezialität, wie ich sehe, eine regelrechte Süßigkeit, das dürfte gefallen." Überdies müsse der Führer späterhin noch zu einer Wahlveranstaltung aufbrechen – ein anstrengender Parcours stünde ihm also bevor. So wie ein jeder in dieser Zeit und in Zukunft gefordert sei, sein Scherflein, und sei es noch so gering, zum Sieg, zum Triumph beizutragen und ein jeder bereit sein müsse, dafür Opfer zu bringen, konstatierte Brückner.

Moderina deckte jenen Tisch auf der Veranda, an dem für gewöhnlich der Herr aus Berlin, der am frühen Morgen abgereist war, gesessen und geschrieben hatte. Manchmal hatte sie ihn aus den Augenwinkeln beobachtet. Ein feiner Herr, ein stattlicher Mann mit besten Manieren. Sie schnitt den Butterkuchen in appetitliche Stücke und richtete die Stoffserviette mit dem friesisch-blauen Muster neben dem Teller an. Das Muster fand sich auch auf dem Teegeschirr und der schlanken Vase mit den frischen Maiglöckchen wieder.

Moderina besah das Ensemble, strich zum wiederholten Male über die Tischdecke – und war zufrieden. Dann wartete sie hinter dem Tresen. Herr Hitler kam spät. Er trug einen dunkelblauen Anzug und ein weißes Hemd. Er trank einen Tee und starrte aus dem Fenster. Immer wieder schaute er auf seine Uhr, schließlich sprang er auf. Es hieß, eine Frau Riefenstahl sei nun angekommen.

Der Zug hatte Wilhelmshaven pünktlich um vier Uhr nachmittags erreicht. Wilhelm Brückner empfing Leni Riefenstahl am Bahnsteig und fuhr sie in einem schwarzen Mercedes nach Horumersiel; eine Stunde dauerte die Fahrt. In ihren Memoiren schrieb Leni Riefenstahl mehr als fünf Jahrzehnte später: *In der Nähe des Strandes hielt der Wagen. Hitler kam auf mich zu und begrüßte mich … Auch Hitler war in Zivil. Er trug einen dunkelblauen Anzug mit weißem Hemd und unauffälliger Krawatte. Sein Kopf war unbedeckt. Er wirkte natürlich und ungehemmt, wie ein ganz normaler Mensch, auf keinen Fall wie ein kommender Diktator, eher bescheiden. Das hatte ich nicht erwartet.*

Dieser Hitler hatte mit dem, den ich im Sportpalast erlebt hatte, anscheinend nichts gemeinsam. Wir gingen am Strand spazieren. Das Meer war ruhig, und für diese Jahreszeit war die Luft schon warm … Hitler hatte ein Fernglas dabei und beobachtete Schiffe, die am Horizont zu sehen waren … Bald kam er auf meine Filmtätigkeit zu sprechen. Begeistert äußerte er sich über meinen ‚Tanz am Meer‘ und sagte, daß er alle Filme, in denen ich spielte, gesehen habe …

Plötzlich sagte er unvermittelt: ‚Wenn wir einmal an die Macht kommen, dann müssen Sie meine Filme machen.‘

‚Das kann ich nicht‘, sagte ich impulsiv. Hitler schaute mich, ohne eine Reaktion zu zeigen, ruhig an. ‚Ich kann es wirklich nicht‘, sagte ich nun fast entschuldigend, ‚erst vor zwei Tagen habe ich ein ehrenvolles Angebot der katholischen Kirche abge-

lehnt. Auftragsfilme werde ich nie machen können, dazu habe ich kein Talent – ich muß eine sehr persönliche Beziehung zu meinem Thema haben, sonst kann ich nicht kreativ sein.'

Immer noch schwieg Hitler.

Ermuntert fuhr ich nach einer Pause fort: ‚Bitte, verstehen Sie meinen Besuch nicht falsch, ich bin überhaupt nicht an Politik interessiert. Ich könnte auch niemals ein Mitglied Ihrer Partei werden.'

Jetzt schaute Hitler mich überrascht an: ‚Ich würde niemanden zwingen', sagte er, ‚in meine Partei einzutreten. Wenn Sie älter und reifer werden, können Sie vielleicht meine Ideen verstehen.'

Zögernd sagte ich: ‚Sie haben doch Rassen-Vorurteile. Wenn ich als Inderin oder Jüdin geboren wäre, würden Sie überhaupt nicht mit mir sprechen. Wie sollte ich für jemand arbeiten, der solche Unterschiede zwischen den Menschen macht.' Hitler erwiderte: ‚Ich wünschte, meine Umgebung würde genauso unbefangen antworten wie Sie.'

„Das war das Gespräch, das zwischen uns stattfand", schrieb Leni Riefenstahl über den Nachmittag jenes 22. Mai 1932 und fuhr fort: „*Inzwischen waren Brückner und Schaub schon einige Male zu uns gekommen und mahnten Hitler, er müsse zu seiner Wahlversammlung aufbrechen. Auch meine Absicht war es, mich zu verabschieden, da ich noch in der Nacht nach Hamburg wollte. Hitler aber sagte: ‚Bitte bleiben Sie doch noch hier. Es ist so selten, daß ich mit einer echten Künstlerin sprechen kann.'*

‚Es tut mir leid, aber ich muß rechtzeitig morgen auf unserem Schiff sein.'

‚Machen Sie sich keine Sorgen', unterbrach er mich. ‚Sie werden morgen früh dort sein. Ich werde ein Flugzeug für Sie organisieren.'

Dann gab er Schaub den Auftrag, für mich ein Zimmer zu besorgen. Bevor ich noch widersprechen konnte, kamen die

Autos, alles drängte in die Wagen. Die Zeit für den Weg zur Wahlversammlung war längst überschritten. Ich blieb betroffen mit Schaub zurück.

In dem kleinen Fischerort Horumersiel gab es einen Gasthof. Dort wohnte Hitler mit seinen Leuten. Unten war die Wirtsstube, im oberen Stockwerk lagen die Zimmer. Da Schaub kein freies Zimmer für mich fand, räumte er mir seines ein und suchte sich irgendwo anders eine Unterkunft.

Noch vor Dunkelheit kam Hitler mit seinem Gefolge zurück, die Wagen mit Blumen überladen. Beim Abendessen herrschte beste Stimmung, auch bei Hitler. Er sagte, noch nie sei es vorgekommen, daß sich bei solchen Veranstaltungen eine Frau unter ihnen befand und daß es angenehm sei, nicht nur von Männern umgeben zu sein.

Nach dem Essen gingen wir alle hinaus, die meisten spazierten Richtung Meer. Hitler wartete eine Weile, dann bat er mich, ihn zu begleiten. Wieder folgten in einiger Entfernung die beiden Adjutanten. Mir war irgendwie sonderbar zumute, aber ich wollte nicht unhöflich sein und den Spaziergang ablehnen. Hitler war entspannt und sprach von seinem privaten Leben und von Dingen, die ihn besonders interessierten.

Das waren vor allem Architektur und Musik – er sprach über Wagner, über König Ludwig und über Bayreuth. Nachdem er darüber eine Zeitlang geredet hatte, veränderten sich plötzlich sein Ausdruck und seine Stimme. Leidenschaftlich sagte er: ‚Aber mehr als das erfüllt mich meine politische Aufgabe. Ich fühle in mir die Berufung, Deutschland zu retten – ich kann und darf mich nicht entziehen.‘

Das ist der andere Hitler, dachte ich, der, den ich im Sportpalast erlebt hatte. Es war dunkel, und ich konnte auch die Männer hinter uns nicht mehr sehen. Wir gingen stumm nebeneinander. Nach einer längeren Pause blieb er stehen, sah mich lange an, legte langsam seine Arme um mich und zog mich an sich. Ich war bestürzt, denn diese Wendung der Dinge hatte ich mir nicht gewünscht. Er schaute mich erregt an. Als er merkte, wie abwehrend ich war, ließ er mich sofort los.

Er wandte sich etwas von mir ab, dann sah ich, wie er die Hände hob und beschwörend sagte: ‚Ich darf keine Frau lieben, bis ich nicht mein Werk vollendet habe.'

Ich war zutiefst betroffen. Dann gingen wir, ohne noch irgendwelche Worte zu wechseln, zum Gasthof zurück. Dort wünschte er mir etwas distanziert ‚Gute Nacht'. Ich fühlte, daß ich ihn verletzt hatte und bereute zu spät, daß ich gekommen war.

Am nächsten Morgen frühstückten wir alle zusammen im Gastzimmer. Hitler erkundigte sich, wie ich geschlafen hätte, war aber gegen gestern schweigsam. Er wirkte abwesend. Dann fragte er Brückner, ob das Flugzeug bereit sei. Brückner bestätigte es, und Hitler begleitete mich die Stufen hinunter. Dort verabschiedete er sich mit einem Handkuß und den Worten: ‚Kommen Sie gesund zurück und erzählen Sie mir von Ihren Grönlanderlebnissen.'

‚Ich melde mich nach meiner Rückkehr', sagte ich, ‚seien Sie vorsichtig vor einem Attentat.'

Seine Stimme war schneidend, als er antwortete: ‚Nie wird mich die Kugel eines Schuftes treffen.'

„Blutsturz", erzählten sich die Leute in Horumersiel. Das junge Mädchen war am Abend nach Hause gekommen und noch auf der Türschwelle verstorben. Hellrotes Blut hatte sie ausgespien, hatte um Atem gerungen, geröchelt und gelitten, aber nicht allzu lange. Die Familie lud im Anschluss an die Beerdigung zur Teetafel ins Hotel „Zur schönen Aussicht" ein. Fleißig war Moderina gewesen, sagte ein jeder und es gab über viele Jahre keinen, der unerwähnt ließ, dass sie am letzten Tag ihres jungen Lebens dem Führer Tee serviert hatte.

Teekuchen

Als Teekuchen bezeichnet man in Ostfriesland einen klassischen Blechkuchen aus Hefeteig mit einer Auflage aus Butterstückchen und Zucker. Er gehört zur Kategorie der „feinen Backwaren" – das heißt, dass er nur kurz haltbar ist und nicht lange gelagert werden sollte. Traditionell werden geröstete Mandelblättchen oder gehackte Nüsse auf den Kuchen gestreut, beliebt sind auch Variationen mit Creme- oder Fruchtfüllung oder Streuseln. Teekuchen ist eine Spezialität, die nicht nur in Ostfriesland, sondern auf Kaffeetafeln in ganz Deutschland zu finden ist – man nennt ihn auch Butter- oder Zuckerkuchen. Auch ist er in den Niederlanden und Dänemark bekannt. Der Blechkuchen ist seit Generationen nicht nur fester Bestandteil sonntäglicher Tee- und Kaffeekränzchen, man backt ihn vor allem zu Familienfesten. So wird er zur Kindstaufe serviert, zur Konfirmation, zur Hochzeit und zur Beerdigung – deshalb bezeichnet man ihn zuweilen als Freud-und-Leid-Kuchen oder auch Beerdigungskuchen.

Teekuchen

Zutaten

Teig	Belag
400 g Mehl	300 g Butter
30 g Hefe	¼ TL Salz
⅛ l Milch, lauwarm	100 g gehobelte Mandeln
50 g Zucker	100 g Zucker
75 g zerlassene Butter	1–2 TL Zimt
½ TL Salz	
2 Eier	

Zubereitung

Mehl in eine Schüssel sieben, in der Mitte mit der Faust eine Mulde formen. Die Hefe in der lauwarmen Milch auflösen, eine Prise Zucker hinzufügen, verrühren und in die Mehlmulde gießen. Mit Mehl bestäuben und zugedeckt an einem warmen Ort zirka 15 Minuten gehen lassen. Den restlichen Zucker, die zerlassene Butter, Salz und Eier hinzufügen und verkneten, bis ein glatter, geschmeidiger Teig entstanden ist. Den Teig ausrollen und auf ein Backblech legen, abdecken und gehen lassen, bis er das doppelte seines Volumens erreicht hat. Mit zwei Fingern kleine Mulden in den Teig drücken – sie sollten bis auf den Boden reichen und eng nebeneinander gesetzt werden. Den Backofen auf 220 Grad Celsius (Ober- und Unterhitze) vorheizen.
Für den Belag: Butter und Salz schaumig schlagen, in einen Spritzbeutel füllen und in kleinen Tupfen dicht an dicht auf dem Teig verteilen. Die Butter muss dabei nicht unbedingt direkt in die Mulden gespritzt werden. Zucker und Zimt vermischen und mit den gehobelten Mandeln gleichmäßig auf dem Teig verteilen. Den Kuchen fünf Minuten bei 220 Grad backen, danach die Temperatur auf 200 Grad reduzieren und weitere zwölf bis 15 Minuten backen.

Snirrtjebraa – Snirrtjebraten

Jan Brandt

Ich studiere nicht mehr

Später, nachdem alle Klumpen gefrorener Erde oder rote Rosen auf den Sarg geworfen hatten, versammelten sich die engsten Angehörigen, Verwandte und Freunde des Toten, im Strandhotel. Es lag direkt am Meer und beherbergte zu dieser Jahreszeit kaum Gäste, der große Saal wurde für Veranstaltungen genutzt, Familienfeste, Partys oder Sitzungen örtlicher Vereine. In Vitrinen standen – chronologisch geordnet – Pokale, und an den Wänden hingen Wimpel und Urkunden, Auszeichnungen für herausragende sportliche Leistungen, Preise von Sangeswettbewerben und Nachbildungen von Kleintieren, von Fasanen und Kaninchen und Tauben.

Ein starker, eisiger Wind drückte vom Meer her gegen die Scheiben, und durch die Ritzen der Fenster und Türen zog es, so dass manche über den Zustand des Hotels klagten und ihre Jacken und Mäntel während des Essens anbehielten. Es gab wahlweise Schnitzel mit Bratkartoffeln oder Wiener Würstchen mit Kartoffelsalat. Einige Männer bestellten Bier dazu, andere Schnaps, Mutter bestellte auch Schnaps, obwohl sie selten Alkohol trank, höchstens mal ein Glas Weißwein, aber jetzt bestellte sie zum Essen mehrere Gläser Schnaps, sie sagte, sie wolle so schnell wie möglich betrunken werden und niemand dürfe sie daran hindern.

Ich starrte auf den Teller vor mir, auf die Wurst und den Kartoffelsalat mit den Mortadellastückchen darin. Mutter sagte, dass sie vergessen habe, dem Wirt Bescheid zu sagen, mir das bisschen Fleisch aber nicht schaden werde, sie sagte: „Das darfst du wohl essen." Uns gegenüber saßen ihre Freundinnen und deren Männer, die über Fußball sprachen.

Ihre Freundinnen, die nicht nebeneinander saßen und deshalb auch nicht über die Männer hinweg miteinander sprechen konnten, nahmen den Hinweis dankbar auf; eine – ich glaube, es war Hilde – fragte mich, ob ich krank sei, und die andere, die, wenn die eine Hilde war, Renate sein musste, sagte, dass ich deshalb so blass aussähe, weil mir das Bio-Essen in der Mensa nicht bekomme, das Bio-Essen sei ihren Kindern nämlich auch nicht bekommen. „Ich studiere nicht mehr", sagte ich, und meine Mutter sagte: „Karsten ist Vegetarier." „Ach", sagten die beiden Frauen fast gleichzeitig, und die Männer hörten auf, über Fußball zu sprechen. Sie drehten sich zu uns um und schauten abwechselnd auf mich und meinen Teller.

Ich war ihnen suspekt, von Anfang an war ich ihnen suspekt gewesen, sie hatten mich immer – schon als Kind – angesehen, als sei ich nicht ganz richtig im Kopf, und dass ich während der Beerdigung meines Vaters gelacht hatte und nun vor ihren Augen die Fleischstücke mit einer Gabel aussortierte und am Tellerrand aufhäufte, musste sie in der Annahme bestärken, dass mit mir etwas nicht stimmte. Warum, wollte einer der Männer – ich glaube, es war Heinz – wissen, und der andere, der Rudolf hieß, Rudolf, genannt Rudi, sein musste, hakte, noch ehe ich antworten konnte, nach: „Aus moralischen Gründen oder weil du es nicht magst?" – „Weder noch", sagte ich, und danach schwiegen alle.

Heinz zerteilte sein Schnitzel in mundgerechte Stücke, spießte eines davon auf und tunkte es in ein am Tellerrand platziertes Häufchen Ketchup. Rudi fiel beim Versuch, das Würstchen zu essen, ein Tropfen Senf auf die Serviette, und erst jetzt bemerkte ich, dass sich beide, Heinz und Rudi, die bereitgelegten Papierservietten in die Kragen ihrer Hemden gesteckt hatten und die Papierservietten fleckig waren, besprenkelt mit roten und gelben Punkten. Ich begann, meinen von Mortadellastückchen befreiten Kartoffelsalat zu essen und bot Mutter das Würstchen an, das noch immer auf meinem Teller lag und langsam abkühlte. Aber Mutter weigerte sich, das Würstchen zu nehmen, sie schüttelte den Kopf, trank – wie um sich zu stärken – einen Schnaps und sagte: „Fleisch ist gesund." Renate fügte hinzu: „Fleisch macht stark." Und Hilde, offenbar bemüht, die Aussagen ihrer Freundinnen zu übertrumpfen, rief: „Fleisch ist Lebenskraft."

Die Männer nickten, und Renate wiederholte ihre Bemerkung, dass ich zu blass sei und mir das Mensa-Essen nicht bekomme. „Ich studiere nicht mehr", sagte ich, und Mutter sagte: „Karsten ist Vegetarier." Gemeinsam versuchten sie mich davon zu überzeugen, dass ich ausgeglichener und zufriedener sei, wenn ich mich dazu durchringen würde, die panierten Schnitzel, die auf ihren Tellern lagen, oder das Würstchen, das auf meinem Teller lag, zu essen. Ich wies darauf hin, dass ich ausgeglichen und zufrieden sei. Aber Renate, die nur auf dieses Stichwort gewartet zu haben schien, sagte: „Und warum hast du dann keine Frau?" Und ihr Mann Rudi sagte: „Du bist doch nicht andersrum, oder?" Er zwinkerte mir zu, und alle am Tisch lachten, sogar Mutter lachte, sie erhob ihr Schnapsglas und forderte, als sie merkte, dass es leer war, eine neue Runde.

Während wir auf Nachschub warteten, sagte Hilde: „Ein Leben ohne Fleisch kann ich mir nicht vorstellen." Und Renate sagte: „Du weißt nicht, was dir entgeht." Dann zählten die Paare ihre Lieblingsfleischgerichte auf, zu denen „Rindfleischsülze", „Kaninchen in Senf-Estragon-Soße", „Fasan auf Weinsauerkraut" und „Schweineschulter mit Mintkruste" gehörten. Noch bevor Mutter „mit Wildschweinfilets gefüllter Wildschweinkopf" sagte, wusste ich, dass sie „mit Wildschweinfilets gefüllter Wildschweinkopf" sagen würde, und ich wusste auch, dass sie neben dem ersten Lieblingsfleischgericht noch weitere Lieblingsfleischgerichte hatte, die sie, der Vollständigkeit halber, aufzählen musste, wollte sie ihrem Ruf als Fleischexpertin gerecht werden. Was ich nicht wusste, war, dass alle am Tisch selbsternannte Fleischexperten waren und noch weitere Lieblingsfleischgerichte hatten, die sie aufzählen mussten, wenn sie nicht in Mutters Schatten stehen wollten. Und das wollten sie nicht.

Also zählten sie ihre zweit- und drittliebsten Lieblingsfleischgerichte auf, sie zählten sogar ihre zehn Lieblingsfleischgerichte auf, ihre persönliche Hitparade der Fleischgerichte, wobei sie sich gegenseitig ins Wort fielen und mit ausgefallenen und besonders deftigen Speisen zu überbieten versuchten.

„Speckendicken.“

„Hammelkoteletts mit Zwiebelmus.“

„Königsberger Klopse.“

„Rehterrine.“

„Schweinetorte.“

„Ochsengaumenragout“

„Ochsenschwanzsuppe.“

„Leberknödelsuppe.“

„Grön Hein.“

„Wurstgulasch.“

„Labskaus.“

„Schwenkbraten.“

„Grützwurst mit Apfelmus.“

„Snirrtjebraa.“

„Geröstete Kutteln.“

„Plomengört.“

„Rohe Lendenschnitten.“

„Hähnchenkeule in Sherrysoße.“

„Rüssel in Kapernsoße.“

„Schweineschinken mit Kirschsoße.“

„Frischlingsrücken mit Walderdbeersoße.“

„Kalbskopf in brauner Soße.“

„Kalbsrücken.“
„Kalbsnieren.“
„Kalbsherz.“
„Kalbsmilz.“
„Kalbslungenmus.“
„Kalbsfilet mit Giersch.“
„Geschmorte Kalbsbrust.“
„Rull in Suur.“
„Gebackene Kalbsfüße mit Trompetenpilzen.“
„Täubchen mit Herbsttrompeten.“
„Gänseklein.“
„Schnepfen am Spieß.“
„Stubenküken mit Senffeigen.“
„Bremer Kükenragout.“
„Zickleinkeule mit Kapern und Zitrone.“
„Gekochte Rinderzunge.“
„Gerollte Wildschweinschnitzelchen mit Dörrpflaumen.“
„Gerollter Schweinehals mit Sauerkraut und geröstetem Kümmel.“
„Karamellisierte Kaninchenkeulen.“
„Kaninchenrücken mit Brennnesselfüllung.“
„Hasenrücken in Buttermilch.“
„Hasenrücken in Lebkuchensoße.“
„Weißes Zungenfrikassee.“

Hilde sagte, dass ihr nach dieser Aufzählung das „Wasser im Mund“ zusammengelaufen sei, und Renate erklärte, sie werde, entgegen ihrem Prinzip, unter keinen Umständen eine zweite Portion zu bestellen, noch eine zweite Portion Schnitzel bestellen. Heinz und Rudi nahmen, da sie näher dran saßen, die letzten Würstchen aus der Schüssel, und Mutter, ein wenig schwindelig von den eben heraufbeschworenen Fleischvisionen, fragte über die Tische hinweg, wo denn der Schnaps bleibe, den sie vor zehn Minuten bestellt habe. Als aus der Küche keine Antwort kam, stand Mutter auf, um sich beim Personal zu beschweren, „Unverschämtheit", sagte sie, „Frechheit", „kein Service" und „sowas hätte es früher nicht gegeben", ihre Stimme wurde mit jedem Wort schwächer, sie hielt sich, zitternd und schwer atmend, am Tisch fest, setzte sich aber erst wieder, als sie merkte, dass sie es ohne meine Hilfe nicht bis zur Küche schaffen würde.

Kaum hatte sie sich wieder beruhigt, sagte Heinz: „Kalbsleber mit Pfirsichen." „Was?", fragte Hilde. „Kalbsleber mit Pfirsichen", wiederholte Heinz, „ich esse auch Kalbsleber mit Pfirsichen gern." „Ich dachte, du magst Kalbshirn lieber", sagte Renate, und Heinz bestätigte, dass er hin und wieder auch mal ein Kalbshirn esse. „Wenn du bei uns zu Besuch bist, willst du doch immer nur Kalbshirn, etwas andres als Kalbshirn, sagst du dann, kommt bei uns nicht auf den Tisch", sagte Rudi und wischte sich mit der Serviette den Mund ab. Renate, Mutter und mir zugewandt, flüsterte, der Heinz bestehe im Gegensatz zu Rudi sogar darauf, dass sie das Hirn so lange wässre, bis das Blut rausgezogen sei und sie alles von Haut und Adern befreit habe. Und Hilde, die Renates Bemerkung gehört hatte, sagte in der gleichen Lautstärke, dass Heinz Hirn mit Haut niemals essen würde, ums Verrecken nicht.

Was denn mit Schweineschwarten sei, wollte Rudi wissen, und Heinz sagte: „Was soll mit Schweineschwarten sein?" Ob er ebenso gerne Schweineschwarten esse wie Kalbshirn, hakte Rudi nach, und ob er, Heinz, im Zweifelsfall Schweineschwarten Kalbshirn vorziehen würde. „Das kommt ganz darauf an", sagte Heinz, und Hilde, die eine Kritik an ihren Kochkünsten erwartete, fragte: „Worauf?" „Na, auf das Schweinsohr", sagte Heinz. Wenn man das Schweinsohr nämlich nicht sauber vom Knorpel streife, seien die Schweineschwarten verdorben. Das gelte aber auch fürs Kopffleisch, sagte Hilde. Wenn man nämlich das Kopffleisch nicht ebenso sauber vom Fett trenne wie das Schweinsohr vom Knorpel, seien die Schweineschwarten ungenießbar, dann nütze es auch nichts mehr, das Fleisch mit Zwiebeln und Knoblauch zu würzen, durch den Fleischwolf zu drehen und so lange mit Knochenbrühe zu vermischen, bis ein zähflüssiger, kräftiger Brei entstehe.

Mutter, die sich das alles ohne irgendeine Reaktion angehört hatte, verlangte erneut nach dem von ihr bestellten Schnaps. Diesmal stand sie nicht auf und sagte auch nicht „Unverschämtheit" oder „Frechheit", sondern „Sauladen", was, da sie nuschelte, wie „Saumagen" klang, woraufhin erst Hilde und Heinz, dann Renate und Rudi das Gesicht verzogen. Hilde sagte, nein, bei aller Liebe, das gehe zu weit, das gehe entschieden zu weit, dann könne man ja ebenso gut gefüllten Gänsehals essen. Oder gleich Pasteten. Obwohl, sagte Renate, die Schweineleberpastete mit überlappenden Speckscheiben sei nicht zu verachten, und auch Wachtelpastete schmecke köstlich – wenn man den Teig mit Talg verrühre.

Jetzt brauchte ich einen Schnaps, und Mutter war mir dankbar, als ich mit einem Tablett voller Schnaps- und Bierflaschen aus der Küche zurückkam und allen nachschenkte. Ihre Dankbarkeit währte leider nicht lange. Nachdem sie ihr Glas geleert hatte, sagte sie, dass meine Weigerung, Fleisch zu essen, nichts als kindlicher Trotz sei, den ich mir über all die Jahre bewahrt habe und der verschwinden werde, sobald ich eine Frau fände, die für mich sorgte und mir die Flausen austriebe. Hilde nickte und bekräftigte durch ihr Nicken die These meiner Mutter, und Renate sagte, dass gemeinsame Mahlzeiten den Mann stärker an die Frau binden als Liebe oder körperliche Anziehung.

„Also hör mal", sagte Rudi, und nach einer kurzen Pause fügte er in schärferem Tonfall hinzu: „Jetzt hör aber auf." Dabei schlug er mit der Faust auf den Tisch, woraufhin alle zusammenzuckten. Auch die, die etwas weiter weg saßen, zuckten zusammen, was aber niemanden, weder Hilde und Heinz noch Renate und Rudi zu stören schien, von Mutter ganz zu schweigen. Hilde gab zu bedenken, dass ich, so lange ich kein Fleisch esse, auch keine Frau finden werde, und Rudi sagte: „Wenn er andersrum ist, braucht er keine Frau." Mutter – schon sichtlich betrunken – rief mit vollem Mund: „Mien Jung is nich annersrum", wobei einige Wurststücke zurück auf den Teller fielen, manche auch darüber hinaus. Und Heinz sagte: „Das hat ja auch niemand behauptet."

Die Diskussion über meine aus meinem Fleischverzicht resultierende angebliche Homosexualität ging noch eine Weile ohne mein Zutun weiter. Mutter sagte: „Liebe geht durch den Magen." Und sowohl Renate und Hilde als auch Heinz und Rudi stimmten darin überein, dass Sprichwörter im Kern wahr seien und eine Frau, die nicht kochen könne, keinen Mann bekomme. Beide, sowohl Renate als auch Hilde, nutzten die Gelegenheit und erzählten, wie sie beim Essen Heinz und Rudi kennengelernt hatten. Und nachdem beide fertig waren, bemerkte Hilde, dass ja auch Mutter meinen Vater beim Essen oder vielmehr übers Essen kennengelernt habe und dass das sicher kein Zufall sein könne.

Mutter forderte, bevor sie erzählte, wie sie meinen Vater kennengelernt hatte, noch einen Schnaps, und legte, nachdem sie den Schnaps getrunken hatte, los: „Wir feierten Silvester, meine Eltern, mein Bruder und ich. Damals wohnten wir noch in der Hans-Sachs-Straße, und ihr wohntet über uns", sagte meine Mutter und sah dabei Hilde und Heinz an. „Und Roswitha war gerade geboren, deshalb wolltet ihr bei uns nicht mitfeiern, Roswitha schrie die ganze Zeit, und ihr hattet Angst, dass sie um Mitternacht noch mehr schreien würde, bei den Knallern und dem Feuerwerk, also seid ihr oben in eurer Wohnung geblieben."

Rudi trank einen Schluck Bier und wischte sich mit den Fingern Schaum aus den Mundwinkeln, Mutter wandte sich mir zu und sagte: „Dein Vater war ja mit Heinz und Hilde befreundet, viel mehr als ich mit ihnen befreundet gewesen war, er kam öfter zu Besuch, und ich hatte ihn auch schön öfter gesehen, und an Silvester wusste er nicht, wohin, er war auf ein paar Festen gewesen, aber dort hatte es ihm wohl nicht gefallen, und weil er gerade in der Nähe war und Hunger hatte, kam er bei Hilde und Heinz vorbei, und Hilde machte ihm ein, zwei Spiegeleier mit Bratkartoffeln."

Hilde und Heinz nickten und Rudi und Renate, die die Geschichte schon kannten, nickten auch. „Aber die hat er dann nicht mehr gegessen", sagte Hilde, und Mutter sagte: „Nein, die hat er nicht mehr gegessen." – „Weil er unten Musik gehört hat. Und tanzen wollte", sagte Heinz, und Hilde, die sich über den Tisch zu mir herüber gebeugt hatte, ergänzte: „Er sagte, er sei gleich wieder da, er wolle nur sehen, was da unten los sei." Und Heinz sagte: „Und dann ist er unten geblieben." „Ja", sagte meine Mutter, „dann ist er bei uns unten geblieben, weil wir gerade gegessen hatten und von dem Blumenkohl und dem Hühnchen und den Kartoffeln noch etwas übrig war."

Hilde schüttelte den Kopf, als könne sie nicht verstehen, wie jemand Huhn mit Blumenkohl und Kartoffeln ihren Spiegeleiern mit Bratkartoffeln vorgezogen habe, und sie erklärte mir dann auch, dass es bei meiner Mutter zuhause immer so seltsame Kombinationen gegeben habe, Kassler mit Mais und Möhren, Nudeln mit Sauerkraut und Kohlroulade und eben Huhn mit Blumenkohl. Und ich sagte ihr, dass das immer noch so sei. „Aber von dem Huhn isst du ja nichts", sagte Rudi, und er zerstörte damit meine Hoffnung, dass Mutters Geschichte sie erschöpft oder zumindest abgelenkt habe. „Nein", sagte Mutter, „von dem Huhn isst er nichts."

– „Warum isst du denn nun kein Fleisch", fragte Hilde, und alle am Tisch schauten mich an, niemand trank mehr einen Schluck Bier oder Schnaps, niemand stippte mit den zerstampften Kartoffeln in den Soßen- oder Senfresten herum, alle waren gespannt auf meine Antwort. Mutter, die aufrecht neben mir saß, sich in Erwartung meiner Antwort aufgerichtet hatte, hoffte sicherlich, dass dieses Gespräch meinen Widerstand endgültig brechen würde, aber meine Bemerkung, dass Hitler ja auch Vegetarier gewesen sei, musste sie in der Annahme bestärken, dass ihr Sohn während seines abgebrochenen Geschichtsstudiums nichts als unnützes Wissen angehäuft habe.

Snirrtjebraa – Snirtjebraten

Früher war es in Ostfriesland üblich, dass die ländlichen Haushalte übers Jahr ein oder mehrere Schweine mästeten und schlachteten. Die Hausschlachtungen, die in der kalten Jahreszeit frühmorgens begannen, waren ein Ereignis. Dafür kam extra ein Schlachter auf den Hof. Am Abend des Schlachttages fanden sich die Nachbarn und Verwandten ein, um bei der Verarbeitung des Fleisches zu helfen. So wurde zum Beispiel Blutwurst gemacht. Bei dieser Zusammenkunft, hierzulande „Swienevisite" genannt, wurde so mancher Schnaps ausgeschenkt und es wurde in fröhlicher Runde das erste Fleisch gebraten und verzehrt. Übrigens: Der Name „Snirrtje" kommt vom „snirrtjen", was die plattdeutsche Bezeichnung für brutzeln ist. Zum Snirrtjebraten werden für gewöhnlich Salzkartoffeln und Rotkohl gereicht sowie eingelegte Rote Bete oder Kürbis. Es gibt heutzutage zwar kaum noch Hausschlachtungen, aber viele Fleischereien bieten „Snirrtjebraa" an.

Snirrtjebraa

Zutaten
500 g fetter Nackenbraten
500 g Schweinerippe
500 g Schweineschulter
60 g Schweineschmalz
⅛ l Wasser
400 g Zwiebeln
Salz und Pfeffer
8 Wacholderbeeren
1 kleine Prise Piment
2 Lorbeerblätter
5 Nelken

Soße
1 EL Weizenmehl
3 EL Sahne

Zubereitung
Das Fleisch in kleine Stücke schneiden, mit Salz und Pfeffer einreiben und zirka eine Stunde ziehen lassen. Das Fleisch in heißem Fett in einem Bräter rundum scharf anbraten, das Wasser hinzufügen und 30 Minuten köcheln lassen. Die Zwiebeln, die Gewürze und eventuell noch Wasser dazugeben und im Backofen bei 200 Grad weitere 30 bis 40 Minuten schmoren lassen. Zum Abschluss zehn Minuten im offenen Topf nur mit Oberhitze bräunen. Der Bratensaft kann mit Sahne und Mehl gebunden werden: Dafür das Mehl in der kalten Sahne auflösen, unter Rühren in den Bratensaft geben und kurz aufkochen lassen.

Tipp
Die Fleischstücke beim Snirrtjebraa variieren. Manche Schlachter stellen Nacken- oder Schulterbraten und Bauchfleisch zusammen, andere geben Mürbebraten, durchwachsenen Speck, Schinkenreste und Rippenstücke dazu. Das Fleisch sollte auf jeden Fall nicht zu mager sein.

Dröögt Hack – Hacke

Von N. N., nacherzählt von Hans-Erich Viet

Familienbande

Eigentlich reicht die Soße voll und ganz, alles ist drin. Fantastisch. Sie ist leicht gelatinös, das bedeutet, wenn man beim Kauen nachschmeckt, dann kleben die Lippen etwas zusammen. Nur wenig, nicht zu viel. Dann der dezent säuerliche Geschmack, die Kombination mit etwas Essig noch einmal aufgekocht. Lecker ist es, die Kartoffeln mit der Gabel zu quetschen, prackjen sagt man auf platt. Die geprackjete Kartoffel mit einer Spur Rotkohl und ein wenig von dem gepökelten, gekochten Fleisch. Fantastisch. Man freut sich schon das ganze Jahr darauf. Also, natürlich nur die, die es mögen, klar. Es gibt im Grunde nur „Hacke-in-Soße"- Liebhaber oder -Hasser. Zwischendrin sind wenige.

Eigentlich wird das Gericht selten gekocht, vielleicht weil das gepökelte und dann an der Luft getrocknete Stück Fleisch mit Knochen nicht sehr appetitlich aussieht? Die ledrige bräunliche Haut ist erstmal steinhart, die ganze getrocknete Hacke – auch von manchen Eisbein genannt, obwohl das etwas ganz anderes ist – muss man am Abend vor dem Kochen in kaltes Wasser legen und dann über Nacht einweichen lassen. Die bräunliche Farbe verschwindet schnell und die Haut wird kalkweiß und weicht auf. Das sieht noch weniger gut aus als im getrockneten Zustand. Wir wollen den geneigten Leser hier natürlich nicht vergraulen oder schockieren, aber ganz offen gesprochen, die über Nacht eingeweichte Hacke sieht aus wie ein Stück einer Wasserleiche.

Nun haben die wenigsten von uns je eine Wasserleiche gesehen, aber wir alle haben eine deutliche Vorstellung davon, wie eine Wasserleiche aussieht. Allerdings muss ich aus eigener Erfahrung hier eingrenzend anmerken: es ist ein großer

Unterschied, ob eine Leiche eine Nacht im Wasser liegt oder etwa zwei Wochen oder gar ein paar Monate. Aber das führt jetzt in der Tat zu weit. Obwohl, wir müssen leider darauf zurückkommen, später. Weil die ganze Geschichte etwas delikat ist – nein stop, delikat in diesem Zusammenhang ist doch etwas zu schwarz-humorig – sagen wir lieber – heikel. Die ganze Geschichte ist heikel und ich habe lange gezögert, sie aufzuschreiben, denn – obwohl sie zurückgeht etwa bis in das Jahr 1710, ist sie noch nie aufgeschrieben worden und auch ich weiß nur aus zweiter Hand davon, wie man so sagt.

Denn es geht um den Teufel und darüber, was er so treibt, wo er Einfluss hat. Gerade auch im sehr protestantischen Umfeld, von dem wir hier zu berichten haben, und ich bin froh, nur aus der besagten zweiten Hand berichten zu können. Aber vor dem Teufel kommt die Kunst, die Musik, die Orgelmusik, das kompositorische Genie von Johann Sebastian Bach und das handwerkliche Genie des Orgelbauers Arp Schnitger. Unsere Geschichte geht so weit zurück und wirkt bis heute.

Wie sollen wir uns den Teufel nun vorstellen? Mit Pferdefuß und Schwanz, mit Kuhhörnern und schwefeligem Mundgeruch? Nein, natürlich nicht. Kindliche Bilder, die über Jahrhunderte ein angstmachendes Drohpotenzial der Kirche waren und auch immer noch sind, muss man leider sagen. Dabei sind diese Bilder Hilfsmittel, um der Gefahr des Teufels irgendein Gesicht zu geben. Auch in Filmen bedient man sich dieser Stereotypen, man denke nur an den Hollywood-Film „Im Auftrag des Teufels" mit Al Pacino und Keanu Reeves. Pacino ist der Teufel, der sich den ehrgeizigen Rechtsanwalt Reeves schnappt, ihm hilft und ihn somit in Abhängigkeit hält, ihn sozusagen besitzt. Wie in jedem guten Hollywood-Film passiert einiges an Gräuslichkeiten, Keanu Reeves zappelt im Netz des Teufels und erwartungsgemäß gibt es kein Entrinnen für ihn. Er ist verdammt in alle Ewigkeit, übrigens auch ein wunderbarer Hollywood-Film. Gedreht im Jahre 1953 vom Wiener Juden Fred Zinnemann, den ich als Student in Berlin noch kennenlernen durfte. Und mit einer solchen Abhängigkeit haben wir es hier zu tun. Der erwähnte Arp Schnitger war einer der besten Orgelbauer seiner Zeit und in alle Ewigkeit. Er baute mit den Gehilfen auch die Orgel der St.-Georgs-Kirche in Weener an der Ems, im Rheiderland. Ursprünglich 1709 bis 1710. Nun ist Arp Schnitger über jeden Zweifel erhaben, handwerklich und sittlich. Er war ein originäres Genie, wie schon gesagt. Aber wie das so ist mit besonderen Fähigkeiten und Qualitäten – sie rufen nicht nur Bewunderung hervor, sondern auch Neid, Missgunst und Eifersucht. Und genau da setzt der Teufel an und findet sein Opfer – genau hier liegt das Fleisch im Pökelsalz.

Das freiwillige Opfer damals war ein ortsnaher Gehilfe, der sich im Vertrauen des Arp Schnitger befand. Es war ein Tischler aus dem Reiderland, zu bemerken – aus dem Reiderland ohne h – also aus dem heutigen holländischen Teil des Landstriches beiderseits des heutigen Dollarts. Dieser Tischler war sicherlich begabt und lernfähig, aber er hatte nicht die handwerkliche und künstlerische Größe von Schnitger. Der Teufel versprach ihm für alle Zeiten die Fähigkeit, diese Orgeln wunderbar reparieren und restaurieren zu können und er, der Teufel, würde dafür sorgen, dass es immer Arbeit für den Tischler und seine Nachfahren geben wird. Das hat natürlich seinen Preis, und der ist hoch. Denn der Teufel verlangt Menschenopfer, unregelmäßig zwar, aber beständig. Er, der Teufel, würde Zeichen geben, wenn es wieder so weit ist. Der Tischler zögerte kurz, aber die Aussicht auf das Glück des Tüchtigen für alle kommenden Generationen ließ ihn alle Skrupel verdrängen.

Zu der Zeit war der Wert eines Menschenlebens nicht so hoch wie heute – wird leicht und hochmütig gesagt, stimmt natürlich nicht angesichts der uns umgebenden Gewalt – Syrien, Paris, Brüssel. Insofern schlug der Tischler mit wenig Skrupel in die Hand des Teufels ein. Menschenopfer waren in vielen Kulturen auch nicht so ungewöhnlich, eine Aufzählung der Rituale und Beweggründe führt hier zu weit. Der Teufel hatte aber noch eine weitere Forderung, die uns absolut schrecklich erscheint. Ein Teil der Leiche musste während eines Festmahles verspeist werden. Wie genau der sogenannte Deal zustande kam, ist heute nicht mehr zu rekonstruieren. Sofort kommt bei uns natürlich Ekel und Abscheu hoch, jedenfalls bei den meisten. Es gibt aber zeitgenössische Beispiele, die nicht von diesem Widerwillen gezeichnet sind. Wir alle wissen sofort, wer der Kannibale von Rotenburg ist – wir wissen, wen er aß, nämlich einen Freiwilligen aus Berlin. Nur so viel, erst nach Kolumbus kam der Begriff des Kannibalismus in Europa auf, er bezog sich auf den Stamm der Caniba in der Südsee, von dem gesagt wurde, er würde seine Feinde verspeisen. Der spektakulärste Fall in Deutschland passierte übrigens im Ersten Weltkrieg, ein gewisser Karl Denke tötete mindestens 26 Männer und fünf Frauen und er aß sie – bemerkenswerterweise wandte auch er die ‚Einpökel-Methode‘ an. Kann man sich vorstellen, wie sollte man auch sonst in jener Zeit das Material haltbar machen?! Einfrieren, so wie heutzutage, ging damals noch nicht im größeren Umfang.

Ich merke schon, dass ich hier nicht weiter in die Materie eindringen, sondern mich eher wieder der Geschichte widmen sollte. Wir sehen ja, dass der Ursprung dieser üblen Verkettung im Grundübel des Neides liegt. Das alles vererbt sich bis heute, insofern leben also Menschen unter uns, die ihre Fähigkeiten dieser verhängnisvollen Beziehung verdanken.

Ich muss und möchte hier auf Namen und Orte verzichten, denn sie wären zu erkennen und es wäre ihnen, den Beteiligten, sicherlich unangenehm beziehungsweise sie müssten vor Gericht gestellt werden, denn immerhin geht es um Mord. Um Morde, genauer gesagt, die immer wieder zu verüben sind, weil der Teufel dies verlangt. Und wer einen Pakt mit ihm eingeht, hat nicht nur in seinem eigenen weltlichen Dasein den Teufel an der Backe, um im Bild zu bleiben – sondern auch seine Nachfahren haben keine andere Wahl, als immer wieder den Kontrakt mit dem Teufel zu erfüllen. Was die Umstände nach dem Tod der Beteiligten angeht, vermag ich nicht zu sagen, welche Konsequenzen im Jenseits zu ertragen sind. Falls es denn ein solches Jenseits gibt, vielleicht ist nur der Teufel ewig und der Mensch einfach nur tot. Aus nachvollziehbaren Gründen kann ich auch hier keine weiteren Auskünfte geben.

Jedenfalls, der Teufel hielt Wort und hält weiterhin Wort. Man könnte auch sagen, der Teufel übererfüllt seinen Plan. Das Genie Schnitger schuf mit seinen Söhnen und seinen Gehilfen sehr viele Orgeln, über 100 werden es gewesen sein, davon sind noch etwa 30 erhalten. Es gab mehr Arbeit, als zu schaffen gewesen wäre. Da die Orgeln in Bewegung sind, man könnte sagen, sie leben, sind sie dem Verfall ausgesetzt. Schädlinge fressen Holz und das Leder der Blasebälge, Bleifraß beschädigt und zerstört die Pfeifen, Feuchtigkeit setzt der Orgel zu. Der Erste Weltkrieg verlangte Metall für die Rüstung, Pfeifen wurden eingeschmolzen. Der Teufel also war fleißig, auf ihn ist Verlass. Trotzdem ist Ostfriesland gar zum Mekka der Orgel-Liebhaber aus aller Welt geworden.

Und der Mensch, der den Handel eingegangen ist? Er tut sich schwer in modernen Zeiten. Es ist zu viel Arbeit mit den Orgeln, sie ist nicht zu bewältigen. Und dabei haben die Kirchen oder Gemeinden oft nicht genug Geld, um die aufwändige Erhaltung zu bezahlen. Man könnte sagen, den

Nachfahren des Tischlers ist nicht mehr so sehr daran gelegen, den furchtbaren Handel mit dem Teufel weiter einzuhalten. Aber wie wird man den Teufel los? Kein einfaches Problem, daran zu scheitern liegt leider in der Natur der Sache.

Ich muss also die Geschichte zu Ende erzählen, ohne die handelnden Personen erkennbar zu machen. Andeutungen müssen hier genügen. Der inzwischen auch schon fast 30 Jahre alte Sohn des Nachfahren des ehemaligen Tischlers ist immer noch nicht verheiratet, der Rest der Familie macht sich natürlich Sorgen, weil irgendwoher muss der Nachwuchs kommen, der die Firma weiterführt und der auch den historischen Pakt einhält.

Es scheint jetzt, als ob es eine neue Chance geben könnte. Die angehende Chefredakteurin der sogenannten Heimatzeitung im Rheiderland ist eine gute Kandidatin. Auch ihr Name tut hier nichts zur Sache – nur so viel, sie hat gute Chancen, Chefin und die Nachfolgerin des derzeitigen Chef-Redakteurs zu werden, denn der wird bald seinen Posten verlassen. Er hat was Besseres im Auge, wie man so sagt. Er ist ein Fan des Teufels, er veranstaltet mit seinem Freund, einem holländischen Klang-, Licht- und Special-Effect-Künstler, Sessions für begeisterte Einheimische. Gruselige Geschichten über Tod und Teufel und die friesische Mystik werden, sonor vorgetragen, zum Besten gegeben.

Der Unterschied zu dem Teufel in dieser hier nacherzählten Geschichte könnte nicht größer sein, denn hier ist er wirklich, dort ist er ein Spielball des Chefredakteurs zum Zwecke der Unterhaltung. Auf jeden Fall ist der Zuspruch der Einheimischen dieser gruseligen Unterhaltung gegenüber so groß, dass der Chefredakteur und sein Freund sich eine größere Bühne erhoffen. Man munkelt, dass es Kontakte zum Fernsehen gibt, zum sogenannten privaten Fernsehen, um genau zu sein.

Witzigerweise hat auch die angehende Chefredakteurin
Affinitäten zum Show-Geschäft, sie singt gerne und gut,
am liebsten Schlager. Herz, Schmerz, Liebe, Treue, Verrat,
Leidenschaft, Nächte, Zukunft, Himmel und Unendlichkeit
sind die wichtigsten Stichworte dieser musikalischen Welt.
Sie singt auf Schützenfesten, bei Weihnachtsfeiern und auf
Jubiläumsfesten. Auf einer solchen, nämlich der Jubiläums-
feier der Orgelbau-Dynastie hat sie auch den Sohn kennengelernt. Die beiden kamen sich näher und die Familien
hoffen auf Vollzug des Familiengründungs-Rituals. Es war
eine große Ehre, dass sie zum traditionellen Familien-Essen
eingeladen war – es gab, wir sind jetzt nicht verwundert –
Hacke mit Soße. Es schmeckte allen vorzüglich.

Nun muss ich doch ein wenig ins kulinarische Detail gehen, auch wenn mir diese Zeilen schwerfallen, die Chro-
nistenpflicht lässt mir keine Wahl. Auf der anderen Seite,
der geneigte Leser wird jetzt schon wissen, was zu erzählen
ist. In dem Gericht „Hacke mit Soße" sind auch gepökeltes
Fleisch und Knochen verarbeitet, die magerer sind als das
Teil vom Schwein, weil sie eben auch nicht vom Schwein
stammen. Aber sie tun dem Gesamtgeschmack des köstli-
chen Gerichts gut, um einen Ausdruck aus den 50er oder
60er Jahren zu verwenden – diese Teile geben dem Festmahl
den richtigen Pfiff. Der Abend in der großen Familie verlief
sehr amüsant und beschwingt, es wurde sehr passend dazu
Rotwein gereicht – ein Chateau Fourney 2005, Saint-Emi-
lion Grand Cru.

Kurz danach waren beide unter der Zuhörerschaft in der
St.-Georgs-Kirche in Weener und lauschten einem be-
gnadeten Orgelspieler aus Korea, aus Südkorea muss man
überflüssigerweise sagen. Niemand käme auf die Idee, den
nordkoreanischen Diktator Kim Jong-un der Liebe zum ba-
rocken Orgelspiel zu verdächtigen. Eher bringt man Nord-
korea aufgrund der Hungerkrisen in Verbindung mit Fällen

von Kannibalismus. Es wurde unter anderem gegeben von Johann Sebastian Bach: Konzert für Orgel und Trompete in c-Moll, BWV 972. Die Trompete wurde virtuos geblasen von einer jungen blonden Frau aus England. Das Publikum und das verliebte Paar waren sich einig, es war das Schönste und Bewegendste, was sie je zu hören bekamen. Sie hatte Tränen in den Augen und er musste schwer schlucken, er fasste ihre Hand und hielt sie fest. In diesem Moment war klar zwischen den beiden, dass sie zusammen durchs Leben gehen würden. Für diesen Moment vergaß sie ihre Schlager und er den teuflischen Pakt.

Es sollte sich jedoch herausstellen, dass es eine eher kurze, aber glückliche Gnadenfrist war. Denn der Teufel mag böse, hinterhältig, raffiniert und ohne Gnade sein – aber er ist nicht dumm. Hier an dieser Stelle würde man nie und nimmer Partei für den Teufel ergreifen, aber manchmal sind einem dumme Menschen ferner als vieles andere.

Die Familie der Nachfahren des Schnitger-Gehilfen musste sich wohl oder übel langsam wieder an den Gedanken gewöhnen, dass ein Mord zu geschehen habe oder wenigstens einen oder eine Tote, um die Tradition fortzuführen. Der familiäre Widerwille war recht groß, die Geschäfte liefen sehr gut, es gab Arbeit genug. Es waren Reparaturen in Hamburg, in Groningen, in Uithuizen bei Groningen und sogar in Portugal zu erledigen. So ein altmodischer Teufelspakt war einfach auch nicht mehr zeitgemäß. Das sich anbahnende Liebesglück des Sohnes stimmte auch optimistisch. Die beiden schmiedeten schon Pläne für ihre Zukunft. Sie erwogen sogar, die ostfriesische Gegend zu verlassen und woanders ganz neu zu beginnen. Aber was ist in diesen Zeiten schon ganz neu und woanders ist es oft auch nicht besser.

Die beiden hatten die Angewohnheit, im Sommer spätabends mit ihrem kleinen Auto durch die Gegend zu fahren, um sich romantischen Gefühlen hinzugeben. Das konnte an der sogenannten Bohrinsel bei Dyksterhusen sein, obwohl man dort nach 22 Uhr eigentlich nicht mit dem Auto sein durfte. Auch der Bereich der Emsbrücke in Weener wurde gerne aufgesucht. Obwohl dieser Ort nicht mehr ganz so einsam war, seitdem zwei betrunkene Seeleute, ein Kapitän aus Russland und ein Lotse aus dem Emsland, die historische Brücke mit ihrem Schiff zerlegten. Muss man so sagen, mit voller Geschwindigkeit rammten sie die Brücke und machten sie unbrauchbar.

Da die Versicherung nicht ordentlich zahlt und alle Beteiligten sich drücken, wird es auf Jahre diese Brückenruine geben. Darüber berichteten auch die nationalen Medien und demzufolge kamen Touristen, häufig Frührentner in sehr teuren Wohnmobilen, um dort zu campieren. Diese Klientel ist ungefähr dieselbe Schnittmenge wie bei den Events der großen Werft aus Papenburg, wenn die Riesenkreuzfahrtschiffe zur Nordsee hin überführt werden. Denen konnte es recht sein, wenn die Brücke weg war. Ersparte man sich doch das aufwändige Herausheben eines Brückenteils für die Passage.

An dem tragischen Abend war das Liebespaar dann doch an die Emsbrücke gefahren, sie hatten eine Flasche Sekt dabei, die sie fast geleert hatten. Auch einen Joint rauchten die beiden. Da ihr Auto nicht sehr groß war, war es nicht einfach, Sex zu haben – also im Sinne eines Koitus, das ist hier gemeint. Eine Stellung hatte sich unter den Umständen jedoch bewährt – sie krabbelte dabei auf seinen Schoß, setzte sich quasi auf ihn drauf – und dann ging es ganz gut. Nun wusste der Teufel natürlich von den, sagen wir mal, Absetz-Tendenzen des Vertragspartners und hatte beschlossen, einen kleinen Umweg einzubauen. Er war schon immer zu seiner eigenen Erbauung in den Lauf der Dinge eingeschritten.

Schon damals, als die Orgel in Weener aufgebaut wurde, war dem so. Der Sohn von Arp Schnitger, auch Arp genannt, fand damals in Weener eine Frau. Er nahm sie mit nach Hamburg, sie brachte aber kein Glück. Arp junior starb 1712 in Hamburg an der Pest. Ein weiterer Sohn ertrank beim Baden in der Elbe, ein anderer Sohn verschwand spurlos nach einem Orgelbau in Zwolle in Holland. Die erste Frau vom alten Arp starb 1707. Ein paar Jahre später heiratete er ein zweites Mal. Eine Winterreise nach Zwolle, wieder mal Zwolle in Holland – strapazierte ihn so sehr, dass er bald darauf starb.

Es ist natürlich sehr schwer, zwischen dem Schicksal und dem Eingreifen des Teufels zu unterscheiden. Auch die Geschehnisse an der Emsbrücke verweigern sich der Wahrheit. Sicher ist, er hatte ein Herzproblem, ein sogenanntes Myxom. Einen Tumor im Herzen. Infolge des heftigen Sexes in dem kleinen Auto löste sich ein kleines Stück dieses Tumors und schoss mit Wucht durch die Aorta direkt ins Gehirn, löste einen Schock, eine Lähmung und sehr bald den Tod aus. Sie schrie vor Entsetzen, nachdem sie bemerkte, dass seine Ekstase nicht gespielt war, sondern sein Todeskampf. Sie schüttelte ihn, als ob damit etwas zu erreichen gewesen wäre. Sie stieg von ihm herab, riss die Tür auf und rannte schreiend, halb bekleidet um das Auto herum. So fand die Polizei die Situation vor, als sie zufällig vorbeikam, eigentlich, um illegale Frührentner-Camper zu belehren beziehungsweise weiterzuschicken. Die Obduktion sollte später seine Todesursache benennen.

Sie wurde für einige Zeit in die geschlossene Abteilung nach Emden verlegt. Doch sie erholte sich – auch deswegen, weil klar wurde, dass im Todeskampf beim Sex der fast Tote noch in der Lage war, ihr seinen Samen einzupflanzen und sie inzwischen schon im 4. Monat schwanger war. Es sollte ein Junge werden, dafür sorgte der Teufel – und die Familie würde wieder das Problem mit dem Pakt haben. Die junge Frau, die jetzt doch nicht Chefredakteurin bei der Heimatzeitung werden würde und auch keine Schlager mehr sang, sondern im Kirchenchor eine hörbare Rolle spielte – ahnte von diesen Zusammenhängen nichts. Sie würde irgendwann in das dunkle Geheimnis eingeweiht werden müssen und ich möchte um nichts in der Welt mit ihr tauschen.

Mein Gewährsmann, der mir diese Geschichte erzählte, soweit er davon wusste, ist inzwischen nicht mehr bei der Polizei. Ich habe mich die ganze Zeit gewundert, wieso er so viel Insider-Wissen hatte und bekam auf diesbezügliche Fragen immer nur ausweichende und zum Teil irreführende Antworten. Lieber erzählte er von den vielen Fällen aus seiner aktiven Zeit, die er gegen alle Wahrscheinlichkeit gelöst hatte. Inzwischen stelle ich ihm keine Fragen mehr, meine Vermutungen und Erkenntnisse halten mich zurück, weiter zu bohren. Ich habe mich schon weit genug vorgewagt und die Gegenseite ist letztlich stärker.

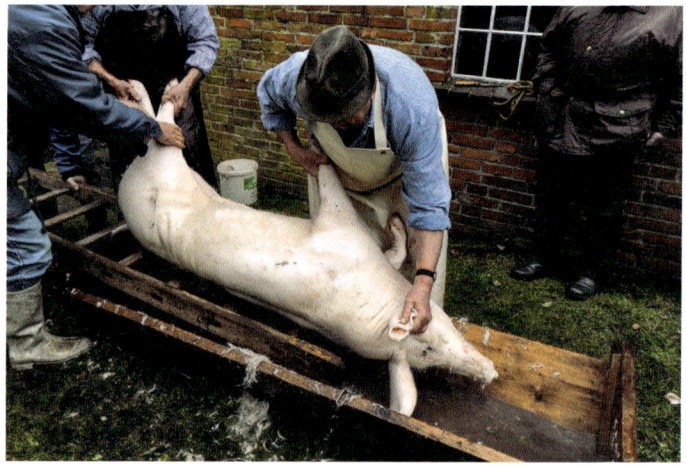

Dröögt Hack - Gepökelte Schweinehacke

Das Pökeln ist eine alte Konservierungsmethode, die bei langen Seefahrten dienlich war, um auch auf hoher See auf Fleisch zurückgreifen zu können. Bereits um 1300 wurde diese Methode angewendet, wie hanseatische Urkunden belegen. Doch auch an Land war das Pökeln weit verbreitet. Dafür wurden die Schinken, Schultern, Pfötchen und Eisbein vom Schwein oder auch Brust und Schinken vom Rind in Pökellake eingelegt – verwendet wurden dafür hierzulande sogenannte „Püllpotten" (Steintöpfe). Da sich das Fleisch nur bei kalten Temperaturen im Steintopf hält, wurde es für die Sommermonate auf andere Weise haltbar gemacht: Nach etwa drei Wochen wurde das Fleisch aus der salzigen Lake herausgenommen, gewaschen und zum Trocknen an die Decke gehängt. Ein Leinenbeutel schützte gegen die Fliegen. In der Küche hingen die gepökelten Schinken, der Speck und die Mettwürste zum Trocknen an einem hölzernen Stiel – „Wiem" genannt.

Dröögt Hack

Zutaten (nach einem Rezept von Hans-Erich Viet)
1 gepökelte und dann luftgetrocknete Hacke vom Schwein
mindestens 500g Zwiebeln
Kartoffeln
Rotkohl
ein wenig Knoblauch
Pfeffer
Wacholderbeeren
Lorbeerblätter
Mehl
(bloß kein Salz!)

Zubereitung

Die gepökelte und getrocknete Schweinehacke über Nacht in kaltem Wasser einweichen. Am nächsten Tag wird die Hacke etwa zweieinhalb Stunden im Topf mit ausreichend Wasser gekocht – im Schnellkochtopf dauert es eine Stunde weniger. Im Topf bleibt sie aber nicht allein, sondern köchelt auf kleiner Flamme zusammen mit mindestens einem Pfund Zwiebeln, mit einigen Lorbeerblättern und den Wacholderbeeren.

Dann die Hacke herausnehmen, den Sud beziehungsweise die Soße mit etwas Mehlschwitze und etwas Essig aufkochen – dabei entsteht die besondere gelatinöse Konsistenz. Mit Pfeffer abschmecken!

Die Schweinehacke noch einmal kurz in der Soße aufkochen lassen und wieder herausnehmen.

Anschließend wird die Schweinehacke zerteilt und zusammen mit Salz- oder Pellkartoffeln, der Soße und Rotkohl serviert.

Grönkohl – Grünkohl

Lübbert R. Haneborger

Verschwommenes Motiv

„Wie sie mich anstarren, diese Wände … Unaufhaltsam auf mich zu drängen, Millimeter für Millimeter. Während ich den zähen Atem der Zeit in meinem Nacken spüre. Selbst die Tür in diesem kahlen Viereck ist nicht mehr als ein leeres Versprechen. Auf eine Freiheit, auf eine Zukunft, die sich mir Stunde um Stunde mehr verschließt. Täglich kommen sie mit neuen Beweisen, die meinen Spielraum nur noch mehr einengen. 72 Stunden Untersuchungshaft haben nicht nur mein Selbstwertgefühl ausgehöhlt. Es ist, als sei ich aus dem Traum meines bisherigen Lebens aufgewacht – unwiederbringlich.

Das Stadthotel wird mir kündigen müssen; zwei Nächte schon ist die Portiersloge am Nesse-Ufer unentschuldigt leer geblieben und auch die fragenden Anrufe von dort blieben unbeantwortet. Die Worte habe ich noch nicht verloren, kann sie aber nur noch mit diesem Notizbuch teilen, das sie mir gaben. Alles andere haben sie mir genommen: Handy, Computer, meine kleine Digitalkamera. Zur polizeilichen Analyse. Außerdem möchte ich nicht wissen, wie es jetzt in meiner ohnehin dürftigen Zweizimmerwohnung in der Altstadt aussieht.

Von meinem Pflichtverteidiger fehlt weiterhin jede Spur, aber nicht nur von ihm … Und draußen fällt seit Stunden leise der Schnee. Auf Oldenburg, wo ich vor drei Jahren vergeblich versuchte zu studieren. Das System ist für mich zu schulisch und meine Ideen verwirrten nicht nur meinen Poetikprofessor. Anspruchsvolle Literatur als Mangelfach! Auch wenn sie für mich das einzige Mittel ist, um wach zu bleiben und nicht vereinnahmt zu werden von der allgegen-

wärtigen Beliebigkeit. Irgendwie bin ich immer zu spät dran
… auch bei ihr. So kehrte ich zurück, der „Provinzpoet", der
„Tagträumer" und „Bücherwurm". Aber das waren noch die
schmeichelhaftesten Namen, die sie mir gaben. Auch im
Land der schweigsamen Ostfriesen bin ich ein Außenseiter,
trotzdem war ich immer einer von ihnen. Doch so viel Iso-
lation wie hier war nie.

Und warum musste ich, verdammt nochmal, erfahren, dass
sie jetzt für diesen Landbau-Heini schwärmt? Für diesen
Marten Vienna! Während es für mich und meine Ideen, die
sie all die Zeit beflügelt hatten, urplötzlich keine Zeit mehr
gab. Wegen meiner nächtlichen Arbeit als Hotelportier! Lä-
cherlich! Als ob der Weg von Oldenburg nach Leer länger
wäre als der von Oldenburg nach Ihrhove! – Gefühle im
freien Fall.

Wenigstens anschauen wollte ich mir diesen Öko-Aktivis-
ten, der da um die Tomaten- und die Grünkohl-Stauden aus
Großvaters Zeiten herumtänzelte! Als wenn er persönlich
die „Landlust"-Bewegung in den 90er Jahren im südlichen
Ostfriesland erfunden hätte! Als ich den nur von Ferne gesehen habe mit seinen zotteligen hellbraunen Haaren, wäre
ich am liebsten gleich wieder umgedreht. Aber wir hatten
ja diesen Termin, und ich wollte wissen, was Fenna so an
ihm faszinierte. Deshalb griff ich meine kleine Kamera nur
noch etwas fester mit meinen Handschuhen und klemmte die Kladde, die ich kurz zuvor gekauft hatte, noch etwas
enger unter den Ellbogen und stemmte mich gegen den
eisigen Wind. Jetzt schnürt es mir die Kehle zu, wenn ich
daran denke. Denn wegen dieser blöden Idee sitze ich nun
hier. Aber dieses Notizbuch hier bleibt leer – auch sie wollen
mich nicht verstehen, sondern meine Worte nur zu meinen
Ungunsten auslegen.

„Weil Sie der Letzte waren, mit dem Vienna gesehen wurde", versucht mir seit Tagen dieser Kriminalhauptkommissar

bei jedem seiner Besuche in den Schädel zu hämmern. Und so langsam beginne ich, ihm zu glauben, weil „es die Mädchen vom Reiterhof nebenan alle bezeugen können und sogar Ihre Autonummer gelesen haben, Herr Wilkens, als Sie zweimal direkt an ihnen vorbeifuhren. Zögerlich hin und hastig wieder fort!" Und weil ich also auf Viennas Acker herumgestakt bin – immerhin mit seiner Billigung. Seine Stimme hören wollte und was er zu sagen hatte. Angeblich, weil ich mich für seine Kulturpflanzen und seine Zucht interessierte. Als freier Journalist eines exquisiten Gourmet-Magazins, das er vergeblich in den Zeitschriftenregalen suchen würde. – Der reinste Irrsinn!

Aber der Mann meinte es tatsächlich ernst. Seine Botschaft war der „Sabellinische Kohl", wie er den Grünkohl liebevoll nannte. Er wusste von Sorten, von denen ich nie gehört hatte. Und als ich ihn zwischen den Nachzüchtungen der früher berühmten ostfriesischen Kulturpflanzen fotografierte, wirkten die riesenhaften grünen Palmen – über die ich mir am Essenstisch nie größere Gedanken gemacht hatte – wie surreale Wesen.

Ich musste bei dem Wort „sabellinisch" unwillkürlich an die antiken „Sibyllen" denken … und an Fenna. Ob er wohl ahnte, dass ich anderes im Schilde führte? Und was mag Fenna wohl gedacht haben, als man hier in Oldenburg an ihrer Türe klingelte und sie erfuhr, dass ich ihrem neuen Freund nachgestellt habe und dass er seit meinem Besuch verschwunden ist?"

* * *

Renke Pollmann blickte über die krausen Grünkohlblätter, die der Frost bizarr krönte. Der Himmel war klar an diesem Samstagmorgen und die Luft eisig. Aber das Bild war von einer stillen Schönheit, wenn man davon absah, was rund um diese Anpflanzung von mehr als dreißig Grünkohl-Sorten geschehen sein mochte. Der Kommissaranwärter opferte seinen freien Tag. Aber das war einerlei. Ein ungutes Gefühl hatte ihn geweckt in dieser Nacht und bei Tageslicht zurückgeführt zu dem Landbau-Hof, der etwas versteckt und in einiger Entfernung zur Dorfstraße gelegen war.

Der dreiunddreißigjährige Beamte betrachtete nachdenklich die unterschiedlichen Blatt- und Farbformen und fragte sich, wie lange es wohl gedauert haben mochte, all diese Varianten der ostfriesischen Palme nachzuzüchten. Das kleine Feld war offenbar das Ergebnis all der Bemühungen Marten Viennas. Des anerkannten Grünkohl-Fachmanns, der als Saatgutbauer weit über die deutschen Grenzen die kleinen dunklen Perlen verkaufte und bis vor vier Tagen im nahen Wohnhaus und den angrenzenden Hofgebäuden gelebt und gearbeitet hatte. Nun war es totenstill und allein der Umstand, dass er in diesem Moment genau an dieser Stelle stand und etwas von der Atmosphäre aufzunehmen suchte, die für diesen Fall elementar sein konnte, hätte sein neuer Vorgesetzter wie so vieles andere auch an ihm als „gefühlsduselig" abgetan.

Sein Chef, Jochen Bredehorst, war erst vor drei Monaten aus Goslar zugezogen und hatte von dort amerikanische Ermittlungsmethoden und Unruhe mit aufs Leeraner Revier gebracht. Nicht nur zu Pollmanns Leidwesen. Doch Pollmann traf es besonders hart, weil er die Beförderung zum Kommissar unbedingt wollte und nicht wagen konnte, dessen glasklare Täterprofile in Scherben zu schlagen. Hinzu kam, dass sein neuer Ausbilder die Ostfriesen nicht verstand und sich mit dem hiesigen Menschenschlag auch gar nicht erst beschäftigen wollte. Aber messerscharfe Fallanalysen, so wie er sie forderte, gingen an der wahren Motivlage nicht selten vorbei. Wie hatte Pollmann noch kürzlich in einem Interview gelesen? Sie seien „nüchterne und praktisch denkende Menschen, die, wenn es sein musste, auch sehr temperamentvoll sein konnten und trockenen Humor schätzten". Gemeint waren die Groninger auf der anderen Seite der Ems, aber auch über die Ostfriesen ließ sich Derartiges sagen. Wenngleich, und hier bestätigte die Ausnahme die Regel, sich der Untersuchungshäftling nicht nur in seiner eigentümlichen Dichtersprache als Besonderer unter ihnen erwies. Als ein Tagträumer, den Bredehorst in seinem Exil in Oldenburg schon „weichkochen" würde, wie er mehrfach erklärt hatte.

Renke Pollmann aber erkannte hier nur frostharten Boden. Seit Tagen bedeckte eisiger Raureif Pflanzen und Erde, aber leider hatte der Schneefall zu spärlich und viel zu spät eingesetzt, um verräterische Spuren zu hinterlassen. Ausgenommen von der kleinen Blutspur am Hause Viennas, die ein Kunde anderthalb Stunden nach der Abfahrt des angeblichen Reporters an der Haustür entdeckt hatte.

Jeden der letzten Tage hatte ein gutes Dutzend seiner Kollegen damit zugebracht, auf der kleinen Landstelle und in der näheren Umgebung Ihrhoves nach Vienna zu suchen. An diesem Nachmittag würde die Freiwillige Feuerwehr erneut zur Unterstützung ausrücken. Doch zeigte die Erde nirgends Spuren von Erdaushub und auch in den nahen Gebäuden gab es keinen weiteren Hinweis darauf, dass der Landbauexperte seinen Besitz verlassen oder sein Leben verloren hatte.

Nach den Hinweisen der Mädchen, die auf dem benachbarten Pferdehof ihre Reitstunden nahmen, hatten sie noch am Mittwochabend besagten Verdächtigen namens Kay Wilkens festgenommen. Einen Nachtportier aus Leer, der stundenweise im Stadthotel für seinen Lebensunterhalt sorgte und darüber hinaus nur Augen hatte für die schöne Literatur und eine gewisse Fenna Liebhardt. Eine junge Biologin, die an der Universität Oldenburg arbeitete und seit

gut einem halben Jahr nahezu jedes Wochenende auf den
Hof von Marten Vienna gefahren kam. Die Biologie und ein
Projekt, das Vienna mit der naturwissenschaftlichen Fakul-
tät im Stadtteil Wechloy durchführte, schienen der Nährbo-
den für diese neue Verbindung gewesen zu sein.

Er musste zugeben: Ein Beziehungsdelikt lag mehr als
nahe. Und die Emotionen mussten hochgekocht sein in dem
26-jährigen Wilkens. Eifersucht war ein starkes Motiv. Das
hatte ihn auch der alte Janßen, sein bisheriger Ausbilder, oft
genug wissen lassen. Aber von ihm hatte er auch gelernt,
sich die Tatverdächtigen genau anzusehen und Tatort und
Tathergang nicht nur im Lichte der Logik zu betrachten.

Das bizarre Rollenspiel, das der blässliche Wilkens hier
aufgeführt hatte, war wohl selbst einem Roman entsprun-
gen oder sollte – umgekehrt – Material für seine eigene
Schriftstellerei liefern. So verspielt und weltfremd, dass ihm
Pollmann nicht zutraute, mit Vienna das offene Wort, ge-
schweige denn den offenen Schlagabtausch gesucht zu haben. Irgendwie erschienen ihm sowohl Wilkens als auch der
Vermisste auf ihren Feldern gleichermaßen als Bewahrer einer untergehenden Kultur. Das verband sie mehr, als dass es
sie trennte. Hatte Wilkens nicht anerkennend von den guten
Absichten Viennas gesprochen? Dem entsprach nach Pollmanns Begriffen auch die dürftige Spurenlage. Aber wohin
war Vienna nur hinterher verschwunden? Pollmann dachte
an Wilkens und an die „neuen Leiden des jungen W.", als
er das Schlüsselbund des Saatgutbauern aus seiner Anorak-
tasche kramte.

* * *

„Woher soll ich nur die Gegenbeweise nehmen, um sie diesem widerwärtigen Bredehorst an den Kopf zu schmettern
bei meinem nächsten Verhör? Wenn ich selbst nur wüsste,

was mit mir los war und was an diesem Mittwochnachmittag genau passiert ist. Vielleicht hat dieser Kriminaler ja recht! Aber wo habe ich dann Vienna gelassen, wenn es diese Blutspur vor seiner Haustür gibt?

Ich weiß noch, dass ich auf dem Weg nach Ihrhove mit dem Auto fast aus einer Kurve geflogen wäre, ganz in Gedanken verfangen und abseits jeder Aufmerksamkeit. Als ich schließlich den Neubau seines Landhauses erreichte und die alten Hofgebäude dahinter, ärgerte ich mich darüber, dass ich mir nicht noch Gummistiefel und einen Spaten ausgeliehen hatte. Um wie ein Gleichgesinnter zu erscheinen und ihn hinterher zu beerdigen! – Mein Gott, das hab ich doch nicht wirklich gedacht, oder?

Manchmal ertappte ich mich jedenfalls dabei, wie meine Augen ruckartig durch ein inneres Milchglas blickten und sich dann wieder an einer Äußerlichkeit fingen. Wie mir vor Aufregung der Kopf schwindelte und ins Bewusstlose fallen wollte. Es war schwierig, äußerlich einen normalen Eindruck zu erwecken. Alles schien verschwommen, meine Zunge klebte trocken am Gaumen und mein Magen verkrampfte sich schmerzhaft.

Aber ich blieb tapfer bei den Fragen, die ich vorher in mein Notizheft gekritzelt hatte, auch wenn meine Hände zitterten und ich ihm meine wirklichen Fragen hätte entgegenschreien mögen. Warum Fenna mich so enttäuschte. Warum sie jetzt zu ihm hielt, wo sie doch mir die Zukunft versprochen hatte. Was er sich überhaupt einbildete, weil Fenna doch in Wirklichkeit – seit unserer Oldenburger Zeit – eigentlich nur mich liebte!

Moment, Oldenburg. Da war doch was? … Hatte ich mich nicht noch gewundert, dass an der Hauptstraße kurz vor dem Feldweg, der zu Viennas kleinem Hof führte, ein Mercedes-Kombi parkte. Eng an dem großen Maisfeld, das praktisch direkt an seinem Wohnhaus endete und dass dieser Wagen ein Oldenburger Kennzeichen trug. Für einen Moment befürchtete ich, der Wagen gehöre Fenna. Aber warum sollte sie nicht direkt zu ihm auf den Hof gefahren sein? Und da ist noch etwas, wenn ich genau nachdenke! Ich klingelte an Viennas Tür und wartete bestimmt eine Minute, ohne dass sich etwas regte. Dann drückte ich die Türklinke leise herunter, weil ich auch kein Klingelsurren gehört hatte. Dafür hörte ich ihn bald sprechen. In einiger Entfernung nur, aber was sagte er auch gleich wieder? Ich habe es wohl in meiner Aufregung vergessen und zunächst neugierig in den Flur gelinst, um einen ersten Eindruck zu gewinnen. Da hingen Plakate von früheren Rock-Konzerten und da lief Musik ... und ohnehin war es laut.

Ja, genau, auch Vienna war laut und ärgerlich. Er telefonierte offenbar und sagte so etwas Ähnliches wie „Schnelle Trends interessieren mich nicht!" Nein, er brüllte es sogar in den Hörer. Und dann noch den Satz „Nachhaltigkeit ist mein Prinzip!", so wie ein eigenes Credo. Außerdem, dass die Leute wieder den Vorteil des eigenen Nutzgartens erkennen sollten. Für viele sei das wie bei der Milch und dem Schnitzel, sie hätten noch nie eine Kuh oder ein Schwein gesehen, in Wirklichkeit, und der ganzen Gesellschaft fehle es ohnehin an Bodenhaftung!

Als er aufgelegt hatte, schlich ich wieder nach draußen, schloss vorsichtig die Tür und klingelte erneut. Abermals tat sich zunächst nichts. Dann endlich war er da und ich musste mich zweimal heftig räuspern, um überhaupt einen Anfang zu finden. Aber wie war es am Ende, wie ist es nach dem Interview weitergegangen? Habe ich einfach gesagt: „Vielen Dank, das war's auch schon, ich habe genügend Informationen"? Ich kann mich kaum daran erinnern, wieder in meinen klapprigen Volvo gestiegen zu sein ..."

* * *

Die Zweifel waren in Pollmann gewachsen, als er am Freitagnachmittag die Kopien von Wilkens' Interview-Mitschriften und die Fotos aus seiner Digitalkamera noch einmal genau unter die Lupe genommen hatte. Bredehorst hatte sich schon in ein verlängertes Wochenende verabschiedet, blieb aber in Rufbereitschaft. Jedoch wollten er und seine Frau das Wochenende auf Borkum verbringen und gaben Pollmann so die nötige Ruhe und Zeit, um alles Für und Wider rund um das Verschwinden Marten Viennas nochmals neu zu ordnen. Zwar fand er in den angeblichen Mitschriften von Kay Wilkens tatsächlich die Zeile „Am liebsten würde ich dir direkt dein Maul stopfen, Vienna!" und weitere vielsagende Ausdrücke, die Bredehorst als schlagende Indizien begriff. Doch schien sein Chef in seinem Eifer gegen den Nachtportier etwas übersehen zu haben, das sich in die überraschend ausdrucksstarken Fotos für das angebliche Gourmet-Magazin eingeschlichen hatte.

Zweimal erkannte Pollmann in der Nähe des Schuppens, in dem Vienna, wie er inzwischen von dem Nachbarn Wiard Heikes erfahren hatte, mit seltsamen altmodischen Gerätschaften das Saatgut wog und versandfertig machte, einen Schatten. Einen weichen, fast verschwommenen Schatten, den weder Bredehorst noch er bis hierhin wahrgenommen hatten, der aber bei genauerer Betrachtung durchaus von einer menschlichen Gestalt herrühren konnte.

Er hatte sich die Stelle, wo ein Baum und mehrere Büsche dicht beisammen standen, im aufkommenden Sonnenlicht dieses Samstagvormittags noch einmal angesehen und schnell erkannt, dass sich hier tatsächlich ein weiterer Besucher befunden, wenn nicht versteckt haben musste, am letzten Mittwoch.

Was aber bedeutete das und wer war der zweite Besucher oder die zweite Besucherin? Auch wenn er diese Frage noch nicht beantworten konnte, war dies der Moment gewesen, wo ihn der mögliche Ärger mit Bredehorst nicht mehr schreckte. Als er wenig später das Bewegungsprofil von Wilkens' Handy über seine Büroadresse auf den Smartphone-Bildschirm bekam, war dies ein weiteres Indiz. Für Wilkens und gegen eine weitere dritte Person. Denn Pollmann hatte auch die Uhrzeiten aus den Fotodateien genau verzeichnet und war dem Weg der angeblichen Interviewpartner über das Hofgelände gefolgt. Nur acht Minuten nach seinem letzten Foto von Vienna hatte Wilkens die bisherige Funkzelle verlassen und befand sich schon nahe Leer.

Als Pollmann das Wohnhaus aufgeschlossen und sich wenig später an Viennas Schreibtisch gesetzt hatte, musste er bei der Durchsicht der Aktenordner an das denken, was ihm Wiard Heikes über die regionale Gemüsekultur erzählt hatte. Nur zwei Landstellen weiter betrieb besagter Heikes aktiven Gemüseanbau und nicht Saatguthandel wie Vienna. Dennoch hatte er oft mit Vienna gefachsimpelt und konnte für Pollmann nun manches Geheimnis lüften, ohne ihn in seinem Vermisstenfall bisher weiterzubringen.

Beispielsweise, dass der Grünkohl frosthart war und man in früherer Zeit fast alle Teile der Pflanze genutzt hätte. So verzehrte man im Frühjahr den Strunkaustrieb als junges Sprossenkohl-Gemüse, das beinahe wie Brokkoli schmeckte und zu modernen Nudelgerichten passte. Er und Vienna hätten früh begriffen, dass man die alten Kulturpflanzen nur ins Bewusstsein zurückheben konnte, wenn man mit der Zeit ging und sie mit aktuellen Rezepten und dem heutigen Geschmack verband. Vienna jedoch träumte außerdem davon, dass die Mitmenschen wieder zum eigenen Spaten griffen und diese Pflanzen in ihren privaten Gärten anbauten; davon aber könne er als Gemüsebauer nicht leben!

Ein ähnlicher Widerstreit der Interessen begegnete Pollmann – neben vielem anderen –, als er wenig später auf einen ausgedruckten, aber achtlos in einem Magazinstapel verborgenen E-Mail-Austausch stieß. Mehrmals waren die Nachrichten zwischen Vienna und dem Assistenten eines befreundeten Professors der Forschungsstelle in Oldenburg hin- und hergeflogen und alle drehten sich um einen potenziellen Zukunftsmarkt in den USA. Merkwürdig war nur, dass diese E-Mails nicht von der Kriminaltechnik weitergeleitet worden waren, die Viennas Laptop doch gründlich auf den Kopf gestellt haben wollte.

Matthias Thorwald hieß der Schreiber und es wirkte auf Pollmann, als wolle er hinter dem Rücken seines Professors Marten Vienna davon überzeugen, dass er die neueste Grünkohlsaat direkt ihm und seinen Vermarktungskünsten anvertrauen sollte – auf eine Forschungsreise ins Silicon Valley. „Silicon Valley?", fragte sich der Ermittler und dachte an das Eldorado der amerikanischen Computerindustrie. Dann belehrte ihn ein Artikel in dem Magazin, wo er die Papiere entdeckt hatte, eines Besseren. Das Tal löste nämlich auch auf anderen Gebieten amerikanische und zum Teil weltweite Trends aus. So auch im kulinarischen Bereich.

Und genau davon handelte diese Reportage, in der Smoothies, Squeeze Food und andere Gerichte aus der Grünkohl-Palme als der jüngste Trend des Tals und damit des Marktes der unbegrenzten Möglichkeiten dargestellt wurden. Superfood: Ein Millionengeschäft, das Thorwald witterte, das jedoch nicht in die nachhaltige Philosophie Viennas passte. Bei seinem nächsten Besuch im Untersuchungsgefängnis musste er Wilkens fragen, ob ihm an besagtem Mittwoch noch ein verdächtiges Fahrzeug oder eine andere Person begegnet sei. Denn der Schatten, der vermutlich von niemand anderem als Thorwald stammte, hatte sich ja zeitgleich mit Wilkens auf Viennas Gelände herumgetrieben.

Aus den E-Mails kannte Pollmann den Namen dieser neuartigen Züchtung. Es war nur eine simple Kombination aus Buchstaben und Zahlen, aber damit zugleich einen Versuch wert. Und nachdem er an der Seite von Bredehorst bereits zweimal die Hofgebäude durchsucht hatte, machte sich Pollmann erneut auf zum Saatgutlager, das sich in einem chromstählernen Tank befand, der unter großem Aufwand in einen Erdhügel eingegraben worden war. Sein Eingang war nur durch eines der beiden Hofgebäude zu erreichen. Früher hatte der Tank auf einem LKW-Anhänger gethront, bis ihn Vienna offenbar angekauft und für seine Zwecke umgenutzt hatte.

Renke Pollmann ging frierend durch den schuppenartigen Bau, vorbei an einem schweren Holztisch und den eigentümlichen Wiege- und Verpackungsgerätschaften. Mit einiger Kraftanstrengung öffnete er die Tür des Saatguttanks, tastete nach dem Lichtschalter und betrat sein Inneres. Links und rechts standen lange Metallregale, auf denen Vienna seine züchterischen Schätze kühl lagerte. Pollmann musste sich zunächst einen Überblick verschaffen zwischen all dem Saatgut für die anderen traditionellen Gemüsesorten Ostfrieslands, denen Vienna sich zeitgleich widmete. Schließlich fand er die Schuhkartons mit den Papiertüten, in denen über dreißig Grünkohlsorten aufbewahrt lagen. Nur die gesuchte Neuzüchtung fehlte, es gab nicht einmal ein Etikett.

Pollmann wollte nicht aufgeben, sah den leeren Schuhkarton förmlich vor seinem inneren Auge. Er kramte hier, wühlte dort, suchte auch auf dem mit Holz verkleideten Tankboden. Schließlich entdeckte er unter einem Regal an der Stirnseite des Tanks, auf dem Vienna auf äußerst merkwürdige und zugleich unappetitliche Art Tomaten eingeweckt hatte, eine Karteikarte. Sie musste heruntergefallen sein und lugte nur mit einer Ecke in sein Blickfeld. Als er aber an ihr zerren musste, begriff er, dass sie unter der Rückwand klemmte und dass diese Rückwand beweglich sein musste. Es war die Karte, auf der der Name der verschwundenen Neuzüchtung stand, und es kostete ihn weitere zehn Minuten, in denen er Regal und Rückwand beiseite räumte. Was er unterdessen im gedämpften Licht des versteckten Tankabschnitts erblickte, ließ ihm das Blut in den Adern gefrieren und zugleich auf die Knie sinken. Vor ihm saß der Vermisste, bleich wie der frostige Ackerboden. Seine Haut erschien wachsartig, erstarrt und völlig blutleer. Vienna musste elendig erstickt sein. Fasziniert und abgestoßen zugleich, blickte Pollmann auf die starren Augen des Toten und stellte sich vor, was hinter ihnen in den letzten Stunden vorgegangen sein musste – und seine Gedanken formten Sätze:

„Wie sie mich anstarren, diese Wände … Unaufhaltsam auf mich zu drängen, Millimeter für Millimeter … Während der flüchtige Atem der Zeit in mir erlischt …"

Grönkohl – Grünkohl

Nicht nur auf der ostfriesischen Halbinsel, sondern auch weiter östlich wird Grünkohl als klassisches Wintergemüse genossen. Dabei kommt der Grünkohl, botanisch „Brassica oleracea var. sabellica", ursprünglich aus dem Mittelmeerraum. Spätestens bei den Römern galt er als Delikatesse. Bis heute gibt es auch im spanischen Galizien eine Grünkohl-Kultur, wo seine feinkrausen Blätter der Suppe beigegeben werden. 1545 wurde erstmals in Bremen das erste öffentliche Grünkohlessen dokumentiert. Ostfriesland ist für seine Grünkohltradition bekannt. Je nach Sorte kann der ostfriesische Grünkohl eine Höhe von 1,40 bis zwei Meter erreichen und wird deshalb „Palme" genannt. Ostfriesland ist aufgrund seiner klimatischen Gegebenheiten auch die Region für die Saatgut-Zucht und genetische Vielfalt, Reinhard Lühring aus Schatteburg gilt als bekanntester Züchter.

Neuerdings ist der Grünkohl in den USA als „Superfood" und „Beauty-Booster" angesagt.

Grünkohl

Zutaten

1 kg Grünkohl
3 EL Hafergrütze
100 g Schweineschmalz
1 TL Zucker
1 EL Senf (mittelscharf)
3 große Zwiebeln
½ l Wasser (nach Bedarf)
500 g durchwachsener, geräucherter Speck
4 kleine Pinkelwürste
Salz und Pfeffer

Zubereitung

Den Grünkohl zunächst von Stielen und Strunken befreien
und mehrfach gründlich waschen.
Den gesäuberten Kohl zirka fünf Minuten in kochendem
Salzwasser brodeln lassen, danach kräftig ausdrücken und
auf einem Brett fein schneiden.
Das Schweineschmalz in einem großen Topf erhitzen und
die abgezogenen und in Würfel geschnittenen Zwiebeln
darin andünsten.
Den Grünkohl ebenfalls in den Topf geben und alles
zusammen anschmoren lassen. Schließlich den Speck, den
Senf und die Hafergrütze sowie den Zucker dazugeben
und mit Wasser auffüllen. Den Kohl etwa eineinhalb bis
zwei Stunden dünsten lassen und gelegentlich umrühren.
Handelt es sich bei dem Grünkohl um Tiefkühlware, so ist
weniger Garzeit nötig.
In der letzten halben Stunde werden die Pinkelwürste auf
den Kohl gelegt und können so mitgaren – zugleich verleihen sie dem Kohl ihr Aroma. Den Kohl zum Schluss mit
Salz und Pfeffer abschmecken.

Swartbrood – Schwarzbrot

Anna Sophie Inden

Pfauentod

Vom Wohnzimmerfenster aus konnte er den Schlosspark
sehen. Und das gehörte zu den einzigen Dingen, die ihm
noch etwas bedeuteten. Die altmodisch geblümte Tapete in
Gelb- und Brauntönen nahm Hermann längst nicht mehr
wahr, ebenso wenig wie die Stockflecken, die seit einigen
Jahren rund um die Fensterläden blühten. Im selben Maße,
wie die vergilbten Wände seiner Wohnung immer näher zu
kommen schienen und ihm an manchen Tagen die Luft zum
Atmen raubten, konzentrierte Hermann sich auf das, was außerhalb des alten Gemäuers in der Altstadt Jevers passierte.
Das Lachen der Kinder, die den Schlossgang unter seinem
Fenster entlang zum nahe gelegenen Mariengymnasium
liefen. Ihr fröhliches Plappern, das wilde Fahrradklingeln,
die schneller werdenden Schritte der Nachzügler. Und die
Schreie der Pfauen, die ihm noch in den dunkelsten Stunden
ein Lächeln entlockten. Seit Hermann im Rollstuhl saß, war
seine Welt geschrumpft. Doch wenn er es recht bedachte,
war er immer ein Gefangener gewesen, selbst als er noch
laufen, die Wohnung verlassen, seiner Arbeit in der kleinen
Buchhandlung nachgehen konnte.
Als er vor 20 Jahren die Diagnose bekam, war das fast eine
Erleichterung gewesen. Er hatte immer gewusst, dass mit
ihm etwas nicht stimmte. Wenn ihm beim Laufen auf einmal der rechte Fuß wegknickte, die Arme nicht gehorchen
wollten und am Körper herabhingen, als wären sie kein Teil
von ihm. Wie oft war er getaumelt, weil ihm schwarz vor
Augen wurde, hatte ins Leere gegriffen oder den Ball ver-
fehlt. Und wie oft hatten sie ihn deshalb ausgelacht! „Ich
glaube, in meinem Kopf ist was falsch verdrahtet", hatte er

sich dann mit schiefem Grinsen entschuldigt. Bei den Jungs, die mit ihm auf dem Fußballfeld standen, bei den Mädchen im Laden, wenn er mal wieder die über den Tresen gereichte Einkaufstüte nicht erwischt hatte. Und bei seiner Mutter, die bei jeder Tasse, die er ungelenk vom Tisch gefegt hatte, verdrießlicher zu werden schien. Mit schüchternem Lächeln hatte er versucht, sie milde zu stimmen. „Die Hände tun einfach nicht, was der Kopf sagt." Humor war seine Art gewesen, damit umzugehen. Die ihre aber nicht. Als der Arzt schließlich Multiple Sklerose diagnostizierte, eine chronische Erkrankung des zentralen Nervensystems, war er Ende dreißig und Mutter längst tot. Sie hätte es stillschweigend zur Kenntnis genommen, nur ein weiterer Beweis seiner Unzulänglichkeit.

Draußen ertönte der Schulgong. Große Pause. Hermann atmete tief ein. In einer halben Stunde würde Gesche kommen. Mit ihrer grauen Kurzhaarfrisur, den Hemdblusen und den albernen gefütterten Crocs war sie der Inbegriff einer patenten Krankenpflegerin. Hermann jedoch hatte in ihr vom ersten Tag an seine Mutter gesehen. Derselbe harte Blick aus grauen Augen, dieselbe kaum verhohlene Verachtung. Eigentlich, dachte Hermann, sollten es doch gute Menschen sein, die für die Alten und Kranken sorgten. Warmherzig, zupackend und immer einen munteren Spruch auf den Lippen. So wie Hülya, die Gesche dann und wann vertrat. Die junge Türkin hatte Hermann ins Herz geschlossen – und er sie. Wenn sie kam, füllte ihr lebhaftes Wesen sein kaltes Heim mit Leben. Sie erzählte von ihren fünf kleinen Geschwistern, von den Großeltern, die in den 1950ern in der Hoffnung auf eine bessere Zukunft nach Deutschland gekommen waren und von den Eltern, die ernsthaft in Sorge darüber waren, dass ihre älteste Tochter sich ausgerechnet in einen Türken verliebt hatte. „Sie haben Angst, dass wir zusammen weggehen, zurück nach Istanbul", hatte sie erklärt und ihm mit ihren langen, schlanken Fingern sanft die Haare gewaschen. Wenn Gesche das tat, zerrte sie ungeduldig an seinen verbliebenen Zotteln und schien eine gewisse Genugtuung zu empfinden, wenn ihm Shampoo ins Auge lief. „Das kommt davon, wenn Sie nicht stillhalten", schnarrte sie dann. „Das kommt davon" war überhaupt einer ihrer liebsten Aussprüche. Wenn ihm die Tasse aus den immer schwächer werdenden Händen glitt und der Tee über den Küchentisch schwappte, kam das davon, dass „er immer so herumzappelte". Einmal hatte der Tee sich über seine abgewetzte Cordhose ergossen, Hermann hatte gespürt, wie die lauwarme Flüssigkeit ihm an den Beinen hinunterrann. Er hatte nicht gewagt, Gesche zu rufen und in der klammen Hose ausgeharrt, bis die Krankenpflegerin ihm eine Stunde später in den Schlafanzug half. Das kam eben davon.

Dass die Wohnung kalt und feucht war, lag daran, dass Hermann ständig das Wohnzimmerfenster öffnete. Es war das Fenster zum Schlossgang, an dem er oft stundenlang saß. Um die Kinder zu hören, den Schulgong und die Touristen, die den Eingang zum Schlosspark suchten. Wenn er die Augen schloss, die frische Luft atmete und den Wind in den Bäumen hörte, war es fast, als wäre er wieder dort. Raus konnte er nicht mehr, zumindest nicht ohne Hilfe. Und Gesche wäre die Letzte, die ihm helfen würde. Wenn einer der Pfauen schrie, knallte sie mit einem Ruck das Fenster zu. „Das kommt davon, von diesem Lärm. Nicht auszuhalten. Sobald ich diese Wohnung betrete, krieg ich Kopfschmerzen."

Und dann war da die Sache mit dem Schwarzbrot. Hermann schloss die Augen. Jeden Moment würde sie klingeln. Wenn er nur daran dachte, spürte er ein Flattern in der Magengegend, keines der guten Sorte. Beim schrillen Ton der Türglocke zuckte er zusammen. Gesche war da. Er hörte ihr Schnaufen schon, bevor sie die Wohnung betreten hatte.

„Verfluchte Treppe. Warum wohnen die Krüppel immer im Obergeschoss? Können Sie mir das mal verraten?" Gesche knallte die Tür ins Schloss und ließ den Einkaufskorb auf den ausgeblichenen Teppich plumpsen, dass der Staub aufwirbelte. Der Korb leuchtete in knalligen Rot- und Orangetönen und wirkte wie ein Fremdkörper in seiner Wohnung. Hermann sah die Plastikverpackung mit dem Toastbrot und sein Hals schnürte sich zusammen.

Gesche kam jetzt seit etwas über einem Jahr zu ihm ins Haus, der Arzt hatte dafür gesorgt, dass Hermann einen Pflegedienst beauftragte, um ihm bei den Dingen des Alltags zu helfen, die er allein nicht mehr bewältigen konnte. So wie er versucht hatte, den Kranken zu überreden, in eine behindertengerechte Wohnung zu ziehen. Davon hatte Hermann nichts hören wollen. Das alte Gebäude am Schlossgang war sein Schneckenhaus, hier war er sicher. Vor den Blicken, dem Gelächter. Bis Gesche in sein Leben getreten war. Vom ersten Moment an hatte er sich in ihrer Gegenwart unwohl gefühlt, und doch war er am Anfang gutgläubig gewesen. Nachdem sie in ihrer ersten Woche vom Einkaufen stets Toastbrot mitgebracht hatte, hatte Hermann einen Vorstoß gewagt. „Gesche, wäre es vielleicht möglich, ich meine …, denken Sie, Sie könnten vielleicht das nächste Mal etwas Schwarzbrot für mich kaufen?" „Schwarzbrot?" Sie hatte ihn mit hochgezogenen Augenbrauen angesehen, so dass Hermann unter ihrem Blick errötete. „Ja, ich meine, das konnten Sie natürlich nicht wissen, ich, naja, der Toast, er gehört nicht gerade zu meinen Lieblingsspeisen. Er ist doch ein wenig … fad." Das war nicht die ganze Wahrheit. Das weiße, labberige Brot verursachte ihm seit Kindheitstagen Übelkeit. Seine Mutter hatte es tagein, tagaus auf den Tisch gebracht, während sie über das von ihm begehrte Schwarzbrot, „das Brot der armen Leuten", nur die Nase rümpfte. Und sie hatte Hermann allein mit ihrem durchdringendem Blick dazu gebracht, das Weißbrot zu essen, bis auf den letzten Krümel. Sein Glück war es gewesen, in der Grundschule neben einem Spross der Landbäckerei Schoof zu sitzen; der hatte sich aus Mitleid mit dem schüchternen Einzelgänger oft ein paar Stullen mehr schmieren lassen und mit Hermann geteilt. Dünn geschnittene Scheiben des frischen, körnigen Roggenbrotes, mit ein wenig Butter und einer dicken Scheibe Käse. Die Erinnerung daran ließ Hermann das Wasser im Mund zusammenlaufen.

Das Blitzen in Gesches kleinen, grauen Augen an jenem Tag hatte ihm klargemacht, dass er einen Fehler begangen hatte. „Ist dem Herrn also nicht gut genug, so so.“ Fortan hatte Gesche immer mal wieder ein Päckchen Schwarzbrot mitgebracht, ihm die geöffnete Packung ganz dicht unter die Nase gehalten. „Riechen Sie doch mal dran. Ganz frisch, den Enten im Park wird es schmecken.“ Für Hermann hatte es weiter Toastbrot gegeben, ungetoastet. Und er hatte sich in sein Schicksal gefügt, wie er es immer tat.

So war es schließlich Hülya, die ihm Schwarzbrot mitbrachte. „Herr Hayen, ich hoffe es ist das richtige. Sie hatten neun Sorten!“ Hermann sah sie vor sich, wie sie etwas zerzaust und mit geröteten Wangen vor ihm stand. Sie hatte sich beeilen müssen, um auf ihrer Tour den Schlenker ins Wangerland, zur Schoof-Bäckerei nach Middoge zu machen. „Bestimmt haben sie mich wieder geblitzt!“ Es war nicht das erste Mal, dass die junge Frau mit dem weißen Twingo des Pflegedienstes zu schnell unterwegs gewesen war – Gesche wurde nicht müde, über die Kollegin und deren „südländische Neigung, die Vorschriften zu missachten“ zu klagen.

Dann hatte Hülya auf seinem alten Gasherd zwei Spiegeleier gebraten, von beiden Seiten, so wie er es mochte. Als sie die Eier auf dem Schwarzbrot servierte, mit ein paar sauren Gurken und einem Lächeln, hatte Hermann zum ersten Mal seit Monaten so etwas wie Glück empfunden.

Gesche legte die Tageszeitung vor ihm auf den Tisch. Normalerweise bekam Hermann die Lokalnachrichten nicht zu Gesicht. Gesche holte sie aus seinem Postkasten und nahm sie später mit zu sich nach Hause. Ihr selbst war das Abonnement zu teuer. Unglaublich, was man heutzutage für ein bisschen Papier und Druckerschwärze bezahlen sollte! Und es war ja auch nicht einzusehen, dass der Krüppel das Blatt für sich beanspruchte. Was zum Teufel sollte er schon mit den Berichten über zu bebauende Flächen und Straßenschäden anfangen? Er konnte ja noch nicht einmal das Haus verlassen. Heute allerdings machte Gesche eine Ausnahme – die Seite eins wollte sie ihm nicht vorenthalten. Seit sie die Schlagzeile am Morgen auf der Ladentheke der Bäckerei gelesen hatte, freute sie sich darauf, sie Hermann brühwarm zu servieren.

76-Jähriger fährt mutwillig Schlosspark-Pfau in Jever an

Tier muss eingeschläfert werden – Mann fährt weiter

Jever – Wie die Polizei am Donnerstag mitteilte, ereignete sich dieser Vorfall am Mittwoch gegen 13 Uhr auf der Mühlenstraße. Dort war der Schlosspark-Pfau – wie so oft – auf Entdeckungstour und blockierte die Straße. Nach Angaben der Polizei musste der Autofahrer bremsen, versuchte dann, das Tier durch Hupen zu vertreiben. Als das

keine Wirkung zeigte, fuhr der Mann wieder
an, erwischte den Pfau und setzte seine Fahrt
fort. Bei dem Zusammenprall erlitt der Vogel,
der später von einem von Zeugen alarmierten
Mitarbeiter des Schlosses eingefangen wurde,
einen Splitterbruch im Bein sowie Sehnen-
und Aderabrisse. „Der Unterschenkel war
zertrümmert, die Blutzufuhr unterbrochen.
Eine Chance auf Heilung bestand nicht",
berichtet der Tierarzt, der den Pfau unter-
suchte und schließlich einschläfern musste.
Dank der Zeugenhinweise konnte die Polizei
den Autofahrer schnell ermitteln. Gegen ihn
wurde ein Strafverfahren eingeleitet. In Jever
kommt es immer wieder vor, das Pfaue aus
dem Schlosspark und auch Schwäne aus den
Graften durch die Innenstadtstraßen spazieren. Diese Ausflüge werden von den Bürgern
normalerweise mit einem Lächeln toleriert.
„Das Verhalten der Tiere ist völlig normal",
sagte der Tierarzt auf Anfrage. Neben Neu-
gierde treibe die Vögel auch die Suche nach
neuen Futterplätzen und nach Paarungspart-
nern auf die Straße. Da sie auch außerhalb
ihrer Reviere von Passanten gefüttert werden,
liefen die Vögel oft bekannte Futterstellen in
der Stadt ab.*

Hermann gab einen erstickten Laut von sich. Er spürte, wie
die Tränen in ihm aufstiegen und wagte es nicht, zu Gesche
hochzuschauen. Die Genugtuung in ihrem Blick hätte er
nicht ertragen. Mit zitternder Hand betätigte er den kleinen

Hebel an seinem Rollstuhl und lenkte ihn Richtung Fenster, Richtung Schlosspark. Benommen starrte er ins Grün. Gesches Stimme hörte er wie durch Watte. „Das kommt davon, wenn die Biester ständig auf der Straße rumrennen." Dieses stolze, prächtige Geschöpf, ausgelöscht. Aus Ignoranz. In ihm regte sich ein Gefühl, das ihm so fremd war, dass er es erst gar nicht benennen konnte. Sein Puls raste, es war ihm, als wolle sein Schädel jeden Moment platzen. Er stellte sich vor, Gesche wäre anstelle des Pfaus gewesen, stellte sich ihren drahtigen Körper vor, wie er auf der Straße lag, wie ihre kalten, grauen Augen ins Nirgendwo starrten. Ausgelöscht.

Das Silberpapier der Verpackung raschelte beim Öffnen. Gesche zerbröselte die erste Scheibe Schwarzbrot zwischen den Fingern und warf die Bröckchen ins trübe Wasser. Innerhalb von Sekunden war die Stelle von Stockenten umringt, die mit ihren Schnäbeln blitzschnell die Brotkrumen aus dem Wasser pickten. Ihr Geschnatter war ohrenbetäubend, und es ging ihr ziemlich schnell auf die Nerven. Dafür fand Gesche Gefallen daran, immer größere Stücke von den Brotscheiben abzureißen und einem besonders gierigen Erpel an den schillernd grünen Kopf zu werfen. Sie ging noch etwas näher ans Ufer, musste aufpassen, dass sie auf den flachen, glitschigen Steinen nicht ausrutschte. Schade nur, dass Hermann sie jetzt nicht sehen konnte. Sicher saß er wieder am geöffneten Fenster und trauerte um seinen dämlichen Pfau. Dieser Waschlappen hatte es nicht besser verdient. Was hatte sie selbst nicht alles erleiden müssen, damals im Kinderheim. Und war sie deshalb eingeknickt, hatte sie sich in Selbstmitleid ergangen? Nein! Sie hatte früh genug erkannt, dass es den Spieß umzudrehen galt, dass Angriff die beste Verteidigung war. Sie musste am längeren Hebel sitzen, das war ihre einzige Chance. Und mit den Jahren, in denen sie sich jegliche Schwäche verboten hatte, war ihre

Verachtung für jene, die schwach waren, immer weiter gewachsen. Gesche hoffte, dass Hermann zumindest das aufgeregte Schnattern der Enten hören würde und so von ihrem Festmahl erfuhr.

„Hey, Sie!" Eine barsche Männerstimme riss sie aus ihren Gedanken. Vor ihr stand ein kräftiger junger Bursche in Kapuzenpullover und Jeans. Er war vielleicht Anfang 30 und hatte einige Kilos zuviel auf den Rippen. Sein blonder Bart wirkte ungepflegt, die Augen hinter den runden Brillengläsern funkelten sie böse an. Gesche überlegte, wo sie ihn schon einmal gesehen haben könnte. „Ich beobachte Sie schon länger", holte er aus. „Und ich habe Ihnen schon mal erklärt, dass Sie den Tieren Schaden zufügen, wenn Sie so weitermachen. Zu viel Brot ist Gift für Enten! Wenn Sie hier unbedingt füttern wollen, dann holen Sie sich das verdammte Futter im Schloss ab! Und dann auch noch diese dicken Brocken – warum werfen Sie nicht gleich die ganze Scheibe ins Wasser? Wenn Sie nicht sofort damit aufhören, rufe ich die Polizei, da können Sie sich drauf gefasst machen!" Der Mann hatte sich in Rage geredet, sein Gesicht war sehr nah an dem von Gesche, die kleine Tröpfchen seines Speichels auf der Haut spürte und angewidert den Mund verzog. „Ich sehe hier nur einen dicken Brocken", sagte sie gelassen. „Und das sind Sie." Dann nahm sie die letzte Scheibe aus der silbernen Verpackung und ließ sie demonstrativ ins Wasser fallen, ohne ihren Blick von ihm abzuwenden.

Die Frau gab nur ein leises, erstauntes Quieken von sich, als Tammo sie bei den Schultern packte und mit Wucht in die Schlossgraft stieß. Er hörte das dumpfe Platschen, sah die Enten aufgescheucht in die Luft flattern und schloss kurz die Augen. Er wusste, dass er sich gerade Ärger eingehandelt hatte, jeden Moment würde diese Hexe wieder auftauchen und ihm die Hölle heiß machen. Wohl zu Recht, wie er sich eingestehen musste. Aber wenn es um die Enten ging, sah er nun mal rot, auch wenn er seine Kurzschlusshandlungen meist im selben Moment bereute. Er könnte ihr seinen Pullover anbieten, und im Auto waren noch ein paar Decken … Tammo blinzelte vorsichtig. Im Schlosspark war es auf einmal still, unnatürlich still. Ein weißer Plastikschuh hatte sich im hohen Gras verfangen. Dort, wo die flachen Steine den Uferrand markierten, begann das Wasser sich langsam rot zu färben.

Nordwest-Zeitung, 22.11.2007

Schwarzbrot – Swartbrood

Schwarzbrot ist für viele Ostfriesen Grundnahrungsmittel. „So lange isst man Weißbrot, bis man das schwarze begehrt", heißt es in einem Sprichwort. Hergestellt wird Schwarzbrot aus einem Sauerteig von Roggenschrot- und Weizenmehl. Früher wurde das Schwarzbrot in einem ausgemauerten Backofen draußen gebacken. Alle zwei bis vier Wochen – je nach Anzahl der zu versorgenden Menschen – wurde der Ofen mit Torf geheizt. In Backtrögen von manchmal über drei Metern Länge wurde der Teig geknetet – eine kräftezehrende Arbeit, die mit den Füßen verrichtet wurde. War alles Schrot verknetet, dann wurden mit dem Teigstecher vierkantige Stücke abgestochen, daraus die Brote geformt und mit einem langen Schieber in den Ofen gehoben. Die Backdauer betrug im 18. und 19. Jahrhundert – als noch sehr große Brote gebacken wurden – bis zu 24 Stunden. In den einst reichen Marschdörfern Ostfrieslands übernahmen Landbäcker bereits im 16. Jahrhundert diese Arbeit.

Schwarzbrot

Zutaten
500 g Roggenschrot
500 g Weizenschrot
500 g Weizenmehl
3 Päckchen Trockenhefe
1 EL Salz
1 l Buttermilch
500 g Sirup
Haferflocken

Zubereitung
Das Schrot mit dem Mehl und dem Salz vermengen. Die
Hälfte der Buttermilch mit dem Sirup erhitzen und mit
der Masse verarbeiten. Die restliche Buttermilch erwär-
men, mit der Hefe vermischen und nach und nach unter
den Teig geben. Zwei bis drei Kasten-Backformen einfet-
ten und mit Haferflocken ausstreuen. Den Rührteig in die
Formen verteilen. Den Backofen zehn Minuten bei 100
bis 150 Grad vorheizen, dann ausschalten und die Formen
hineinstellen. Den Teig so lange gehen lassen, bis er den
Rand der Form erreicht hat (zirka eine Stunde). Dann bei
150 Grad (mit Ober- und Unterhitze) etwa drei Stunden
backen. Zu Beginn des Backens zwei Becher Wasser mit in
den Ofen stellen. Nach zirka eineinhalb Stunden die Formen mit Alufolie abdecken, damit das Brot nicht austrock-
net. Nach dem Abbacken das Brot auskühlen lassen, weil es
sich dann besser schneiden lässt.

Tipp
Weniger Sirup nehmen und die fehlende Menge
mit Wasser ausgleichen. Der Sirup-Geschmack ist dann
weniger dominant und das Brot weniger süß.

Granaat – Granat

Jutta Oltmanns

Im Silberlicht des Mondes

Seit einer Stunde sang Stefan Gwildis unten in der Lounge
der MS Hamburg und sorgte dafür, dass das Deck wie leer-
gefegt war. Gesa stand an der Reling und blickte über das
im Sonnenuntergang silbrig glänzende Wasser. Die samtige
Stimme des Soul-Sängers klang über die Lautsprecheranla-
ge zu ihr herauf und unterstrich ihre wehmütige Stimmung.

Die meisten hielten es für eine großartige Idee von Hendrik, den Betriebsausflug in diesem Jahr auf drei Tage zu ver-
längern und alle Mitarbeiter zu einer Schiffstour einzuladen.
Mit dem Slogan „Kreuzfahrt vor der Haustür" warb der Ver-
anstalter für eine Seereise von Sylt über Borkum nach Helgoland. Zweihundert Gäste, bestehend aus Belegschaft und
Geschäftspartnern, hatten auf dem Schiff Platz gefunden.

Gesa war als Hendriks Sekretärin für die Organisation der
Reise zuständig gewesen. Gestern hatten sie einen schönen
Septembertag auf Sylt erlebt und sich abends Seegeschich-
ten von Dietmar Bär vorlesen lassen. Heute war das große „Granatspektakel", wie Gesa es bei sich nannte, über die
Bühne gegangen. „Paardenvisser", berittene Garnelenfischer,
hatten mit ihren kräftigen Brabantern die Hauptspeise des
Tages aus dem Meer gezogen. Weltweit gab es nur noch
wenige Männer, die sich auf das alte Handwerk verstanden
und Hendrik hatte vier dieser Exoten mitsamt ihren Tieren
eigens aus Belgien nach Borkum anreisen lassen. Zu einem
hohen Preis, versteht sich, doch wenn es darum ging, zu be-
eindrucken, dann spielte Geld für ihn keine Rolle.

Für einen Moment hatte Gesa den kuriosen Anblick der
bis über den Bauch von schäumenden Wellen umspülten
Pferde, mit ihren in gelbem Ölzeug steckenden Reitern,

wieder vor Augen. Stolz und seemöwenumschwärmt zogen sie ihre breiten Netze durch die Brandung, um schließlich mit einem guten Fang von den Sandbänken zurückzukehren. Rund um die Insel schien es von Garnelen – in Ostfriesland Granat genannt – nur so zu wimmeln. Vor den Augen der staunenden Gäste wurde die Beute am Strand sortiert, in Salzwasser gekocht und anschließend von fleißigen Händen weiterverarbeitet. Während die Geladenen eine Inselführung erlebten, kümmerten sich Köche um die rosa Leckerbissen und zauberten ein Festmahl auf den Tisch: Granat pur, auf Salatblättern angerichtet, auf Schwarzbrot und Pfannkuchenteig. Granat als Suppe, Cocktail, Ragout und Quiche. Zum krönenden Abschluss gab es eine Borkumer Granattorte!

Jetzt war die MS Hamburg unterwegs Richtung Helgoland und die Gäste genossen das Konzert in der Lounge – zumindest die meisten. Gesa hatte sich bislang nicht entschließen können, in das Getümmel unter Deck einzutauchen. Ihr war nicht nach Geselligkeit und sie hatte auch keine Lust darauf, sich zu betrinken, obwohl sie nach ihrem Entschluss heute Morgen allen Grund dazu gehabt hätte. Es wird Zeit, neu zu beginnen, sang Stefan Gwildis, wie um ihre Entscheidung zu bekräftigen.

Für einen Augenblick überkam sie Verzweiflung, doch dann bezwang Gesa sich. Sie blickte auf den dicken runden Mond, der jetzt den Himmel beherrschte und helle Strahlen über das Wasser warf. Lachen klang an ihre Ohren und in einiger Entfernung sah sie Hendrik, der mit einem Glas Sekt in der Hand auf der Bildfläche erschien. Er klopfte Christoph, dem jungen Buchhalter, gönnerhaft auf die Schulter und nickte ihm zu.

„Sie können mich alten Knaben ruhig alleine lassen und wieder zu den wilden Weibern gehen!"

Christoph tippte sich an eine imaginäre Mütze und verschwand, während Hendrik summend zum anderen Ende des Schiffes schlenderte und sich in einen der Liegestühle sinken ließ. Sein volles graues Haar schimmerte im Mondlicht.

Gesa wollte gerade klammheimlich von Deck verschwinden, als Imke, eine der jüngeren Kolleginnen, sie entdeckte. „Gesa! Hier hast du dich also versteckt. Der Gwildis ist einfach atemberaubend, absolut attraktiv, der Mann! Und dann diese Stimme. Sag nicht, du hast dir das entgehen lassen!"

Entschuldigend hob Gesa die Hände. „Mir war einfach nicht danach."

„Gleich beginnt die zweite Hälfte des Konzertes. Komm doch mit runter. Es gibt auch einen guten Burgunder. Du weißt doch: Granat muss schwimmen!"

Imke, die für die Pressearbeit zuständig war und mit ihren fünfundzwanzig Jahren Gesas Tochter hätte sein können, wirkte bereits ziemlich betrunken. Ihr Lippenstift war so verwischt, wie es nur ein Kuss zustande brachte, und ihre Bluse halb aufgeknöpft.

„Ich stoße später zu euch. Es ist so schön hier draußen."

„Gesa, du arbeitest so hart für die Firma, gönn dir doch auch mal ein bisschen Spaß!"

„Das tu ich. Ihr wisst es doch."

Imke nickte. „Wochenenden in Barcelona, ein Konzert mit David Garrett, Einkaufsbummel in London! Aber du bist immer allein unterwegs. Heute ist die Gelegenheit, der Einsamkeit zu entfliehen! Du siehst so gut aus, für deine dreiundfünfzig Jahre. Kleidergröße 36 und ein ordentlicher Busen. Sexy, wirklich. Wenn du es darauf anlegen würdest, dann könntest du eine heiße Nacht verbringen. Der Walter vom Außendienst verschlingt dich doch schon seit heute Morgen mit den Augen. Er hat Feuer im Arsch."

Das Kind musste schon sehr betrunken sein. „Das ist nichts für mich, Imke. Und – mach dir keine Sorgen. Mir geht es gut. Ich möchte nur noch kurz die Nachtluft genießen."

Gesa lächelte ihr beruhigend zu und wünschte sich, der mitleidige Ausdruck auf dem Gesicht der Kollegin würde ganz schnell verschwinden. Es stimmte schon. Seit fünfzehn Jahren gab es keinen Mann in ihrem Leben und sie war oft einsam. Alles Geld der Welt und alle wunderbaren Aktivitäten änderten nichts daran. Sie war immer heilfroh, wenn der Sonntag vorbei war, wenn sie wieder auf ihrem Bürostuhl saß und durch die Glastür in Hendriks Allerheiligstes sehen konnte, wenn sie ihm nahe war – und sei es auch nur räumlich. Wie oft hatten sie montags in aller Frühe auf den Leeraner Hafen geschaut und waren gemeinsam die Woche durchgegangen. Für diese Momente hatte Gesa in den letzten Jahren gelebt.

„Wenn du hier schon alleine die Zeit vertust, dann hole ich dir zumindest einen Wein."

Gesa zwang sich zu einem Lächeln. „Mach das, Liebes. Ich hätte gern ein Glas trockenen Bordeaux und bring ein zweites für Hendrik mit." Sie nickte zum Liegestuhl.

„Oh, ihr beide allein an Deck ... Das ist natürlich auch was Feines!", flüsterte Imke.

Sie verschwand und kehrte kurz darauf mit zwei großen bauchigen Gläsern zurück. „Du schwärmst doch für ihn! Das wissen alle in der Firma. Heute könnte eure Nacht sein. Seine Neue, dieser Feger mit dem aufgeblasenen Busen ... Die ist ja sowas von gewöhnlich. Als Hendriks Frau gestorben ist ... Wir haben alle gedacht, jetzt kommt Gesas Chance! Aber nein! Eine Zwanzigjährige, die aussieht wie eine der Schlampen aus dem Dschungelcamp. Also Männer, die denken doch wirklich nur mit ihrem ..."

„Danke, Imke", unterbrach Gesa sie schnell. „Und jetzt geh und amüsier dich!"

Gesa biss die Zähne zusammen, um die Tränen zurückzuhalten. Nicht nur die Belegschaft, auch sie hatte an eine gemeinsame Zukunft geglaubt. All die Jahre ... Während der langen Krankheit seiner Frau hatte Hendrik natürlich Affären gehabt. Wie sollte es auch anders sein, doch ihr Verhältnis stand über diesen Dingen. Es war von einer solchen Nähe und Wärme gekennzeichnet, dass Gesa sich eingebildet hatte, irgendwann würde es ein gemeinsames Leben für sie beide geben.

Doch dann, keine sechs Wochen nachdem seine Frau im Sanatorium gestorben war, stürmte eine aufgedonnerte blonde Furie namens Michelle an einem Freitag das Büro. Ihr Minirock reichte kaum über den prallen Hintern und ihre High Heels stachen Löcher in das kostbare Holz der Böden. Sie hatte sich bei Hendrik lautstark über die alte Schabracke im Vorzimmer beschwert, der es wohl mal wieder jemand ordentlich besorgen müsste und die sich jetzt mal eine scharfe Nummer ansehen könnte. Das Luder hatte Hendrik geküsst, als ob sie alle Luft aus ihm heraussaugen wollte, hatte ihre Hände überall gehabt und sich derart ordinär auf dem Schreibtisch geräkelt … Gesa war fluchtartig aus dem Büro gerannt und nach Hause gegangen. Ihr ganzes Wochenende war in einem Tränenmeer ertrunken. Warum tat Hendrik ihr das an? Er musste doch wissen, was sie für ihn empfand!

Stefan Gwildis' Lied ließ ihr den Hals eng werden. Warum liebst du mich nicht so wie ich dich? Du lässt mich nur warten – so kann ich das nicht.

Gesas Lippen zitterten und ihre Finger krampften sich um die Reling. Sie hätte sich entschuldigen und das Wochenende zuhause verbringen sollen, statt hier trübsinnig über die schwarze See zu starren, doch es gab noch etwas zu erledigen, bevor alles zu Ende war, bevor sie die Firma verließ. Diese Reise … ihre Entscheidung mitzufahren. Vielleicht sollte es so sein und dies war ihre Chance, doch noch Rückgrat zu beweisen und alles geradezubiegen.

Gesa hielt ihr Gesicht in den kühlen Nachtwind und dachte an den Scheck über eine Million Euro, den sie gestern

Abend in den Tresor gepackt hatte. Das Papier der Bremer Bank, unterschrieben von Per Diedrichsen, war eine Investition in den Windpark – zumindest sah es offiziell so aus. Inoffiziell beteiligte sich Hendrik Fisser an einem groß angelegten Geldwäschegeschäft. Gesa wusste schon seit Jahren davon. Eine Unachtsamkeit, ein liegengebliebenes Kuvert, das ihr als pflichtschuldige Sekretärin in die Hände gefallen war.

Seit diesem Tag hatte sich die Beziehung zwischen ihr und Hendrik vertieft. Sie war nicht länger nur seine hervorragende Sekretärin, sondern wurde zu seiner Vertrauten. Für dieses Privileg, das ihr das Gefühl gab, für ihn etwas Besonderes zu sein, hatte sie all die Jahre die Augen vor seinen Betrügereien verschlossen. Dafür und für die Hoffnung auf eine gemeinsame Zukunft.

Hendrik hatte ihr Büro in eine Wohlfühloase verwandelt und schickte ihr in regelmäßigen Abständen Blumen und Präsentkörbe nach Hause. Er lud sie manchmal mittags zum Essen ein und schenkte ihr Parfüm oder Schokolade. Geld oder teuren Schmuck hätte sie nie genommen, und das wusste er nur zu genau. Hendrik selbst liebte das luxuriöse Leben. Zwei Porsche vor der Tür, ein Privatjet in Nüttermoor, kostspielige Abenteuerurlaube unter privater Führung. In den Büros war alles vom Feinsten: teure Ölgemälde an den Wänden, Teppiche, die so viel kosteten, wie einer der Arbeiter in einem Jahr verdiente und Einrichtungsgegenstände, die einen glauben ließen, in einem Hotel der Spitzenklasse zu sein. Das Windparkunternehmen Fisser war ein Vorzeigeunternehmen der Region, der Inbegriff für Erfolg und Geld.

Was hinter der Fassade gespielt wurde, wussten nur sie und Hendrik, doch damit war jetzt Schluss. Sie würde vor ihrem Abschied reinen Tisch machen, ihr Gewissen entlasten. Hendrik musste einfach einsehen, dass es so nicht weitergehen konnte. Sie schipperten hier für Tausende durch die

Nordsee … Geld, das ihnen nicht gehörte. Gesa stöhnte leise auf, als sie an Stefan Gwildis, Dietmar Bär, die Meisterköche unter Deck und das handverlesene Servicepersonal dachte. Und dann die engagierten „Paardenvisser" aus Belgien mit ihren Pferden! Natürlich reichte der aus der Nordsee gezogene Granat nicht für alle Gäste und Hendrik hatte gestern wahre Mengen auf Sylt zukaufen müssen – handgepult und teuer wie Gold!

Gesa nahm ihren ganzen Mut zusammen und setzte sich in Bewegung, um das zu tun, was sie sich vorgenommen hatte.

„Hendrik!" Ihrer Stimme hörte man die Aufregung nicht an.

„Gesa! Wir haben dich schon vermisst."

Er sprang auf und kam ihr lächelnd entgegen. Hendrik beugte sich vor und streifte mit den Lippen leicht Gesas Wange, bevor er nach dem Glas griff, das sie ihm entgegenhielt. Sie prosteten einander zu und Gesa nahm einen langen Schluck. Sie schloss für einen Moment die Augen und merkte, wie sie ruhiger wurde. Sie öffnete die Lider, trank erneut und der Alkohol begann seine Wirkung zu zeigen.

Stefan Gwildis fing wieder an zu singen und das Deck leerte sich, bis nur noch sie beide unter dem milden Licht der Deckbeleuchtung standen.

„Ich will dich nicht lange aufhalten, Hendrik. Du willst sicher wieder zum Konzert, aber …"

„Für dich habe ich immer Zeit, Gesa. Wir beide trinken jetzt in aller Ruhe unseren Wein!"

Er maß sie von oben bis unten, registrierte anerkennend das rote Kleid, das bis heute Abend im Schrank gehangen hatte.

„Wow, du siehst verdammt gut aus, elegant und doch auch sehr verführerisch! Wie immer die ganz große Dame!"

Gesa spürte, wie Röte in ihre Wangen stieg und ärgerte sich darüber. Sie kannte ihn lange genug, um zu wissen, dass dies die Masche war, mit der er versuchte, die Frauen um den Finger zu wickeln.

Hendrik legte einen Arm um sie und schenkte ihr ein wohlwollendes Lächeln. Für einen Moment lehnte sie sich gegen seinen muskulösen Körper, an dem kein Gramm Fett zu viel war. Dafür sorgte schon sein Trainer, der zweimal die Woche in einem eigens dafür eingerichteten Raum im Geschäftshaus erschien und für den sich Hendrik von seinem Schreibtisch losriss. Sein gebräuntes Gesicht mit den scharfen Zügen war sehr männlich und Gesa musste sich zwingen, nicht wie hypnotisiert auf seine vollen Lippen zu starren. Hendrik war achtundfünfzig und immer noch ein sehr attraktiver Mann.

Die samtweiche Stimme des Musikers klang zu ihnen hoch. Mach die Musik so laut du kannst, mach die Augen zu und tanz … der Welt entgegen … dreh dich durch den Regen …

Hendrik verneigte sich leicht. „Darf ich bitten?"

Sie stellten ihre Gläser ab und tanzten eng umschlungen. Gesa genoss das Zusammenspiel ihrer Körper, Hendriks Wange an der ihren und seinen herben Geruch. Der Mond tauchte alles in ein unwirkliches Silberlicht und sie wünschte, die Zeit anhalten zu können. Sie wünschte sich … Hendrik … Für immer!

Er summte an ihrem Ohr und mit dem letzten Ton ließ er sie aus seinen Armen. „Vielen Dank, du hinreißende Schöne!"

Gemeinsam traten sie näher ans Wasser und blickten zum Mond, der wie eine reife Frucht am Himmel hing. Er war die einzige Lichtquelle auf diesem Teil des Decks und das war Gesa nur recht. Hendrik brauchte ihre glühenden Wangen nicht zu sehen.

Er neigte seinen Mund an ihr Ohr. „Der Scheck von Diedrichsen … Hast du ihn gestern noch eingelöst?"

„Nein. Er liegt im Tresor."

„Montag, gleich als erstes, ja!"

Gesa versteifte sich und Hendrik neigte sich mit fragendem Gesichtsausdruck erneut zu ihr herunter.

„Hendrik … Diese Geldaktionen … Meinst du nicht, es ist genug damit gewesen? Du hast so viel erreicht in deinem Leben. Wenn die Sache auffliegt … Deine Firma …"

Er nahm sie bei den Schultern und sah ihr ernst ins Gesicht. „Gesa, was soll das? Wenn wir beide den Mund halten, dann fliegt gar nichts auf!" Er legte die Hände um ihr Gesicht und seufzte. „Es geht in Wahrheit nicht um den Scheck, stimmt's? Du bist gekränkt … Die Sache mit Michelle … Ich verstehe das, doch es hat nichts mit uns zu tun. Die Kleine … Sie kann dir doch gar nicht das Wasser reichen. Gesa …" Sein Gesicht kam näher und seine Lippen streiften ihre Stirn. „Wir beide sind doch auf einer ganz anderen Ebene ein Team. Du bedeutest mir so viel …"

„… aber nicht genug, um mich in dein Bett zu holen, statt diesem … Flittchen."

„Was willst du eigentlich, Gesa?"

„Von dir? Da habe ich wohl nichts mehr zu erwarten. Ich werde gehen, Hendrik, aber vorher … Ich will, dass du diese Sache mit Diedrichsen in Ordnung bringst, dass du dich selbst anzeigst …"

Er lachte, wie über einen guten Scherz. Immer noch hielt er ihr Gesicht in Händen und seine Daumen strichen federleicht über ihre Brauen, über die Lippen. „Gesa, das ist doch alles Unsinn! Ich will mich nicht anzeigen und ich will nicht, dass du gehst. Ich brauche dich! Deinen kühlen Verstand, deine Ratschläge am Morgen, das Gefühl, einen Menschen um mich zu haben, dem ich wirklich wichtig bin. Ich – und nicht mein Geld!"

Seine Hände glitten über ihren Rücken und er zog sie eng an sich, streichelte sanft über ihren Körper. Gesa spürte, wie Verlangen ihren Verstand vernebelte. Wenn Hendrik sie doch nur lieben würde! Wenn seine Zärtlichkeiten doch nur die Wahrheit wären! Vielleicht lag es an der jahrelangen Sehnsucht nach eben diesen Berührungen, vielleicht auch an dem schweren Rotwein, dass sie es nicht schaffte, sich aus seiner Umarmung zu lösen.

„Gesa!"

Seine Finger glitten wieder zurück zu ihren Schultern und streiften die Träger ihres Kleides langsam herunter. Er neigte den Kopf und küsste ihren Hals, ihre Brüste. Gesa schloss die Augen. Davon hatte sie all die Jahre geträumt. Der Nachtwind strich kühl über ihre Haut, doch sie merkte es nicht. Sie fühlte sich so lebendig wie noch nie in ihrem Leben. Hendriks Mund glitt wieder höher und schließlich küsste er sie, langsam und zärtlich. Seine Hände spielten in ihrem Haar. Gesa fühlte Hitze in sich aufsteigen.

Hendriks Zunge glitt in ihre Ohrmuschel. „Gesa ... Wenn es das ist, was du willst ... Es könnte öfter so sein mit uns. Ich könnte dich besuchen ... ab und zu ..."

Mühsam durchdrangen die Worte ihre von der Erregung aufgepeitschten Sinne. Was hatte er gesagt? Wenn es das ist, was du willst? Ich könnte dich besuchen? Ab und zu! Jetzt traf sie die kühle Nachtluft wie Eiswasser. Er bot ihr körperliche Liebe für das Schweigen an!

Sie stemmte beide Hände gegen seine Brust und stieß ihn von sich. Bebend vor Zorn richtete sie ihr Kleid.

„Du glaubst doch nicht, dass ich ..."

„Nicht? Dann tut es mir leid!"

Gesa hörte den Zorn in seiner Stimme, spürte, wie sie hochgehoben wurde, wie ihre Füße die kalte Reling streiften, bevor Hendrik sie rücklings über Bord warf. Sie fiel dem schwarzen Wasser entgegen und schrie vor Entsetzen.

Staunend registrierte Hendrik, dass Gesa sich krümmte, wie am Morgen der Granat im kochenden Wasser. Und genauso tot wie der Fang aus dem Meer würde auch sie bald sein.

„Dabei habe ich ihr immer gesagt, dass es für Küstenbewohner unerlässlich ist, schwimmen zu können", dachte Hendrik achselzuckend.

Begeisterter Applaus erklang aus der Lounge und übertönte alle anderen Geräusche. Hendrik seufzte, bückte sich nach der goldenen Sandalette, die Gesa vom Fuß geglitten war, und warf sie ihr hinterher. Er dachte an die Schlagzeilen in der Ostfriesen-Zeitung. Freitod aus Liebe. Sekretärin von Hendrik Fisser nimmt sich das Leben, nachdem sie von den Heiratsplänen des Windpark-Eigners erfahren hat.

Hendrik griff nach seinem Rotwein, prostete dem Meer zu und trank den letzten Schluck. Er drehte nachdenklich den Stiel in seiner Hand. Ein trockener Bordeaux – wie genau Gesa seine Vorlieben gekannt hatte. Sie würde ihm fehlen.

Imke, die aufreizende Blonde aus der Presseabteilung, betrat das Deck.

„Ein wunderbares Fest, Herr Fisser! Und die Idee mit den Granatfischern. Echt irre, was Sie für uns alles auf die Beine stellen! Und das tolle Schiff …"

„Für meine Mannschaft nur das Beste!" Er legte ihr einen Arm um die Schulter.

Imke kicherte. „Das Geilste war die Granattorte mit dem nackten Paar aus Marzipan oben drauf. Ich wusste gar nicht, dass die winzigen Tierchen potenzfördernd sind." Sie warf ihm einen herausfordernden Blick zu, den er augenzwinkernd erwiderte.

„Oh Karola, siet letzte Woch' is dat um mi gescheh'n. Ick heb' di inne Köök Krabbenpulen seh'n."

„Torfrock, ja?"

„Richtig. Die Jungs wissen, was antörnt! Granat, das ist Eiweiß pur, mein süßes Kind!" Hendriks Hand wanderte aufreizend zu ihrem Hintern. „Nordseegarnelen haben kleine Scheren, lange Fühler und vergraben sich meist flach im Sand. Mit der Flut kommen sie auf das Watt, mit der Ebbe gehen sie wieder." Er zog sie an sich. „Sie sind sowohl Räuber als auch Beutetiere, wussten Sie das, Imke? Die Krabben sind nachtaktiv und verschmähen auch kleinere Artgenossen nicht."

Er biss ihr spielerisch ins Ohr. Das betrunkene Blondchen seufzte leise, schien sich dann aber zu entsinnen, warum sie an Deck gekommen war.

„Ist Gesa noch hier draußen? Sie wollte doch einen Wein mit Ihnen trinken."

„Das hat sie auch. Ach Imke!" Er schob sie von sich und machte ein zerknirschtes Gesicht. „Sie dachte, wir beiden … Ich musste sie vor den Kopf stoßen und ihr sagen, dass Michelle und ich in acht Wochen heiraten werden. Sie hat geweint …"

„Vielleicht sollte ich sie suchen gehen."

Hendrik schüttelte den Kopf. „Gesa muss das erst verdauen. Sie dreht eine Runde und ich glaube, wir sollten sie besser alleine lassen."

„Na gut. Dann sehe ich später noch mal nach ihr."

„Sie sind wirklich eine Seele von Mensch, Imke. Würden Sie mit einem alten Mann eine flotte Sohle aufs Parkett legen?"

Er nahm ihren Arm.

Stefan Gwildis sang immer noch. Es schien ein Abschiedsstück zu sein: Zum letzten Mal auf Wiedersehn. Nun geh dann auch, und bleib nicht stehn …

Granaat – Granat

Von April bis Oktober gehen die Küstenfischer auf Garne-
lenfang. Granat (plattdeutsch „Granaat") oder Garnelen sind
kleine Seekrebse ohne Scheren, die auf dem flachen, sandigen
Meeresgrund leben. Die Krabben werden nach dem Fang an
Bord in großen Kesseln in Salzwasser gekocht. An der Küs-
te gibt es sie mit Schale zu kaufen, im Binnenland zumeist
gepult. Die Fischer von der Insel Wangerooge fingen Granat
im 19. Jahrhundert mit einem Schiebenetz, ndt. „Fuuk" genannt: „Mit ihm begibt sich der Fischer bis an den Gürtel
in das Wasser, um die kleinen Schalentiere ans Tageslicht zu
befördern. Durch Schütteln des Netzes werden die kleineren
Tiere ausgesiebt. Der im Netz verbleibende Rest wird in einen
Eimer geschüttet und dann in Salzwasser gekocht." Fischer
am Dollart gingen zum Granatfang bei Niedrigwasser mit
dem Schlickschlitten ins Watt – 1888 gab es in den Prielen
des Dollarts 680 Reusen. Bis zum Ende der Granatfischerei
im Dollart war es Sache der Frauen, den Granat zu sieben

und zu kochen. Anschließend zogen sie mit Karren von Haus zu Haus, um Granat und frischen Fisch zu verkaufen. 1887 entwickelte der Apotheker Thomsen aus Ditzum eine Methode zur Konservierung von Granat, wodurch dieser noch 14 Tage nach dem Fang im Geschmack nicht von frischem zu unterscheiden war – die Rezeptur für die Konservierung verriet er nie.

Krabbenrührei

Zutaten
250 g Krabbenfleisch
200 g gewürfelter Schinkenspeck
1 große Zwiebel
100 g Butter
8 Eier
16 EL Milch
Salz
Pfeffer
Muskat

Zubereitung
Die Zwiebel fein würfeln und mit dem Schinkenspeck in Butter anbraten. Das Krabbenfleisch dazugeben. Eier mit Milch und Gewürzen verquirlen und ebenfalls in die Pfanne geben. Unter ständigem Rühren bei mäßiger Hitze stocken lassen. Zu Krabbenrührei passen Bratkartoffeln.

Tipp
Krabbenrührei schmeckt auch mit Schwarzbrot und wird zu einer Hauptmahlzeit, wenn man zusätzlich Räucherfisch und verschiedene Brotsorten serviert. Auch frischer Schafskäse und Räucherschinken passen dazu.

Matjes

Bernd Flessner

Profis

„Bist du endlich so weit?"
Piet zögerte noch, warf einen kurzen Blick aufs schmutzig
graue Hafenwasser, sah Gerd an und nickte zaghaft.
„Gut. Ich bin dabei."
Wortlos marschierten die beiden Männer auf den Imbisswagen zu, der dort stand, wo er immer stand, begrüßten den
Wirt, ließen sich zwei Matjesbrötchen und zwei Pils über
den Tresen reichen und entschieden sich für den hinteren
der beiden noch freien Stehtische. Hier waren sie vor un-
liebsamen Zuhörern weitgehend sicher.
„Und ich babe bein Bort?", fragte Gerd, auf Brötchen,
Fisch und Zwiebeln kauend.
„Klar. Und ich halte mein Wort", versicherte Piet und biss
zu. Sein Blick wanderte zum Delft, hielt beim Rathaus kurz
inne, kroch über die Museumsschiffe und kehrte dann zu
seinem neuen Partner zurück.
„Jetzt bin ich aber gespannt, was das für eine geniale Idee
sein soll."
„Genial ist das richtige Wort", grinste Gerd und rückte
seine blaue Wollmütze zurecht. Der Wind war frisch, der
Frühling ließ auf sich warten, obwohl der Winter sich ver-
weigert hatte. Der Winter war schon lange ein Nichtwinter,
eine neue, ungewohnte Jahreszeit. Zumindest für die Älteren.
„Jetzt spuck es schon aus. Wo willst du rein?"
Gerd legte das halbe Brötchen auf die Pappschale, schob es
ein Stück zur Seite und beugte sich vor. „In die Kunsthalle",
flüsterte er mit großen Augen.
„In die Kunsthalle?", wiederholte Piet ohne Flüsterstim-
me, dafür aber ebenfalls mit großen Augen.

„Sag mal, bist du noch ganz dicht?", zischte ihn Gerd an.
„Halt die Klappe, Mensch! Wir sind nicht allein!"

Vom Nachbartisch schielten kurz drei Frauen zu ihnen herüber, wandten sich dann aber wieder ihren Matjesbrötchen zu.

„In die Kunsthalle?", wiederholte Piet, diesmal im Flüsterton, ganz so, als könne er auf diese Weise die Lautstärke der ersten Wiederholung korrigieren.

„Na klar! In die Kunsthalle", lächelte Gerd überlegen. „Was glaubst du denn, was da zu holen ist? Schätze! Echte Schätze!"

„In die Kunsthalle! Das ist ja ein Ding!"

„Sag ich doch, sag ich doch!", bestätigte Gerd und griff zum Brötchen.

Piet rollte nachdenklich mit den Augen.

„Ich glaube, da war ich noch nie drin."

„Waff sow daff demm heifen?", kaute Gerd und würgte ein unzureichend zerkleinertes Stück Fisch herunter.

„Na, dass ich noch nie in der Kunsthalle war. Ich kann mich jedenfalls nicht daran erinnern. Im Rathaus war ich schon. Ein paar Mal sogar. Aber nicht in der Kunsthalle."

„Du bist doch Emder, oder?", fragte Gerd und blickte seinen Freund provokant an.

„Das weißt du doch. Seit mehr als 45 Jahren."

Gerd schüttelte den Kopf und griff zur Flasche.

„Wenn wir hier fertig sind, gehen wir gleich mal rüber."

„Es geht also um Bilder", bemühte sich Piet, zum eigentlichen Thema zurückzukehren.

„Du hast es erfasst. Gut kombiniert. Wirklich."

„Wenn wir die Bilder haben, an wen wollen wir die dann verkaufen? Das sind doch bestimmt nicht nur wertvolle, sondern auch bekannte Bilder. Das geht nicht so einfach. Da braucht man gute Kontakte."

„Du hast ja doch was los!", wunderte sich Gerd und angelte sich eine verwaiste Zwiebel von der Pappschale.

„Was hast du denn gedacht?"

Gerd verweigerte die Antwort.

„Also, wer nimmt uns die heißen Bilder ab? Conny? Batman? Kalle? Das glaub ich nicht. Das ist eine Nummer zu groß für die. Und andere kennen wir nicht."

Gerd lächelte überlegen und tippte sich mit dem Zeigefinger ein paarmal an die rechte Schläfe.

„Der geniale Plan!", hauchte Piet respektvoll.

„Und wie genial", flüsterte Gerd. „Wir ziehen auch keine Bilder ab, sondern nur ein Bild."

Piets Miene versteinerte, kaum hatte Gerd den Satz beendet.

„Ein Bild? Warum denn nur ein Bild? Das lohnt sich ja gar nicht! Was für ein Bild? Ein besonderes Bild?"

Gerd nickte und hob dabei seine rechte Augenbraue.

„Rembrandt?", hauchte Piet erneut, wieder voller Ehrfurcht.

Stummes Kopfschütteln.

„Picasso?"

„Mueller!", korrigierte Gerd mit leuchtenden Augen.

„Mueller?", raunte das Echo. „Bist du sicher?"

Stummes Nicken.

„Mueller. Also, ich kenn mich da ja nicht so gut aus, aber wenn ich das sagen darf, Picasso …, Rembrandt …, van Gogh …, Leonardo da Vinci, das sind bekannte Maler. Die haben schon so Namen, die nach großer Kunst klingen. Eben wie … Picasso. Glaub mir. Ein berühmter Maler heißt nicht Mueller. So heißt mein Nachbar, so heißt der Kellner in Harry's Bar, so heißen Fußballspieler. Aber doch nicht Künstler. Und wenn sie so heißen, dann ändern sie ihren Namen. Vielleicht hat Picasso früher ja auch ganz anders geheißen."

„Mueller, zum Beispiel", brummte Gerd kopfschüttelnd.

„Glaub ich nicht", konterte Piet mit ernstem Ton. „Der

war ja Spanier oder Portugiese. Der hat vielleicht …?"

„Dieser heißt aber Mueller und ist trotzdem berühmt. Otto Mueller."

Piet stellte die Flasche auf den Tisch, neigte seinen Kopf leicht zur Seite und fixierte seinen Seniorpartner.

„Sag mal, willst du mich verarschen? Otto Mueller?"

„Genau. Otto Mueller", bekräftigte Gerd mit ernster Miene. „1874 bis 1930. Wurde dem Expressionismus zugeordnet, wollte aber nicht als Expressionist angesehen werden."

„Klugscheißer", maulte Piet.

„Nur gut vorbereitet", entgegnete der große, kräftige Mann mit dem runden, bartlosen Kindergesicht. „Ich hab mich nur ein bisschen schlaugemacht. Das ist alles. Könnte dir auch nicht schaden."

„Ist ja schon gut. Lassen wir das. Weiter im Text. Was ist das für ein Bild?"

„Knabe vor zwei stehenden und einem sitzenden Mädchen", antwortete Gerd. „Mueller hat es 1918 oder 1919 gemalt. So genau weiß man das nicht."

„Was für ein blöder Titel. So etwas kann auch nur einem Künstler einfallen. Egal. Was machen wir mit dem Bild? Jetzt sag nicht, du hast schon einen Kunden!"

„In gewisser Weise schon", grinste der runde Kopf unter der blauen Wollmütze. „Die Kunsthalle."

„Gerd! Ich warne dich! Treib es nicht zu weit!"

„Jetzt bleib mal auf dem Teppich! Mach ich hier die Pläne oder du?"

„Okay", gab Piet nach längerem Zögern nach. „Wir klauen das Bild aus der Kunsthalle und verkaufen es dann der Kunsthalle."

„Na endlich! Wurde auch langsam Zeit! Wir brauchen dann nämlich gar keinen Abnehmer. Und außerdem hat die Kunsthalle dieses Bild schon zweimal gekauft. Einmal von einer Galerie in London, die es hätte nicht verkaufen dürfen, und später von den wahren Eigentümern, die es tatsächlich verkaufen durften."

„So etwas geht?"

Gerd nickte. „Das könntest du alles nachlesen …, wenn du lesen würdest. Steht alles im blauen Buch der Kunsthalle."

Die Bemerkung prallte an einem sanften Lächeln ab.

„Dieser Nannen, der die Kunsthalle erfunden hat", fuhr Gerd fort, „der hat dieses Bild zweimal gekauft. Und da habe ich mir gedacht …"

„… dass er es vielleicht noch ein drittes Mal kauft", folgerte Piet.

„Bravo!", freute sich Gerd. „Nannen ist zwar schon lange tot, aber die Kunsthalle wird es kaufen. Für richtig viel Geld. Auch wenn du den Mueller nicht kennst, glaube mir, seine Mädchen sind teuer. Noch 'ne Lage Friesensushi?"

Piet nickte, leerte die Flasche und folgte seinem Freund zum Wagen. Zwei Matjesbrötchen und zwei Biere wechselten den Besitzer. Wenig später hatten sie wieder ihre Position am Stehtisch eingenommen.

„Echt lecker", schmatzte Piet.

„Bie beften", kaute Gerd.

„Die Kunsthalle hat bestimmt eine moderne Alarmanlage. Wie willst du da denn reinkommen?", fragte Piet, nachdem er die Hälfte des Brötchens vertilgt hatte.

„Manni."

„Dein Sohn? Seit wann ist der denn im Geschäft? Der ist doch erst 12 oder 13!"

„Manni ist nicht im Geschäft und kommt auch nicht rein. Er hackt nur die Stadtwerke und schaltet den Strom ab. Für zehn, fünfzehn Minuten. Mehr geht nicht, hat er gesagt."

„Dann ist er doch im Geschäft", unkte Piet.

„Keine Sorge. Der hat keine Ahnung. Ich hab ihm das Ganze als Wette verkauft", lachte Gerd und setzte die Flasche an.

„Gut. Aber die von der Kunsthalle sind doch nicht blöd. Die haben doch Notstrom, Video und Bewegungsmelder."
„Wahrscheinlich", schmunzelte Gerd. „Aber wir haben Masken auf, sind verkleidet und bewegen uns komisch."
Piet starrte ihn irritiert an.
„Wegen der Biometrischen Erkennung. Das sind spezielle Computerprogramme, die dich an deiner Bewegung erkennen. Da reichen die Masken und Kostüme einfach nicht. Deshalb müssen wir uns zusätzlich noch ungewohnt bewegen. Anders als sonst. Dann haben die Programme keine Chance. Wir verwirren sie, wenn du so willst. Okay?"
„Anders als sonst bewegen?", wiederholte Piet, der deutlich kleiner und runder war als sein Chef, dafür aber einen eher kantigen Kopf besaß, auf dem eine speckige Prinz-Heinrich-Mütze klebte. Ohne Vorwarnung löste er sich vom Stehtisch und watschelte wie eine seekranke Ente zum Imbisswagen und wieder zurück. Dabei bewegte er die Arme wie ein Rückenschwimmer.
„Etwa so? In dieser Art? Was meinst du?"
„Ja, etwa so", maulte Gerd. „Und jetzt komm sofort hierher!"
Der Wirt, dem die ungewöhnliche Darbietung nicht entgangen war, stach eine Gabel in eines seiner Matjesfilets und führte es sorgenvoll zur Nase, legte es dann aber erleichtert wieder zurück.
„Sag mal, willst du uns ans Messer liefern, bevor wir die Kunsthalle auch nur von außen gesehen haben?"
„Ich wollte doch bloß …"
„Jetzt lass mal den Scheiß! Hier geht es um ganz präzise Planung und um Perfektion.
„Gut", lenkte Piet ein und fragte barsch: „Welches Kostüm?"
„Äh, keine Ahnung. Darüber habe ich mir noch keine Gedanken gemacht", gab Gerd verlegen zu.

„Und das nennst du eine präzise Planung? Ich sag dir mal was: Präzise wäre gewesen, wenn die Vorschläge nur so aus dir herausgesprudelt wären. Zack, zack, zack. Eins, zwei, drei. Cowboy, Pirat, Dracula. Das ist für mich präzise!"

Der Mann mit der Wollmütze vermaß seinen kleinen, rundlichen Verlegenheitskomplizen vom Kopf bis zur Tischkante. „Dracula?"

„Na klar, das bin ich doch immer im Fasching. Das Kostüm hab ich jederzeit griffbereit. Da haben schon viele dicke Augen gemacht, wenn sie mich gesehen haben."

„Das glaube ich dir aufs Wort", raunte Gerd. „Aber wir gehen ja nicht auf einen Maskenball."

„Dann eben Pirat. Hab ich auch auf Lager. War ich nämlich Silvester. In Harry's Bar."

„Wir sollten uns für etwas weniger Auffälliges entscheiden", stöhnte Gerd. „Außerdem war das mit dem Kostüm nicht so gemeint. Ich hatte da eher an ein paar Klamotten gedacht, die unsere Figuren verbergen. Ein weiter Mantel oder ein Umhang."

„Wie der von Dracula."

„Von mir aus."

„Sag ich doch. Dracula geht immer. Gut, dann fasse ich mal deinen präzisen und genialen Plan zusammen", schmatzte Piet. „Manni macht das Licht aus, wir machen eine Tür auf, irgendwo hinten, und sind drin. Wir tragen Handschuhe, Umhänge und Masken und bewegen uns komisch zu dem Bild von diesem Otto Meier."

„Mueller. Otto Mueller."

„Sag ich ja. Otto Mueller. Wir hängen es ab und verschwinden. Das Licht geht wieder an, aber wir sind schon weg."

„Sind wir nicht."

„Nicht? Wieso nicht?"

„Jedenfalls nicht so schnell. Wir nehmen das Bild von der Wand und ersetzen es durch ein Poster. Wenn die nämlich doch keinen Notstrom und kein Video haben, dann können wir etwas Zeit gewinnen. Das hab ich mal in einem Film gesehen. Lief neulich in der Glotze."

„Genial!"

„Danke", lächelte Gerd stolz.

„Wo kriegen wir so ein Poster her?"

„Ebay. Ist nicht ganz so groß wie das Original. Aber klasse. Die Farben kannst du nicht unterscheiden. Super, sage ich dir, super. Liegt schon bei mir unterm Bett."

„Nicht ganz so groß? Wie groß?"

„Sie werden es kaum merken."

„Wie groß?"

Gerd verschanzte sich hinter seinem Bier.

„Fast deutlich mehr als halb so groß."

„Mensch, das merken die doch sofort!"

„Aber nicht die Besucher!", verteidigte sich Gerd. „Nur die machen doch den Rundgang durch die Ausstellung, nicht die Leute von der Kunsthalle. Die kennen die Bilder ja seit Jahren. Die wären doch blöd, sich die jeden Tag immer wieder anzugucken. Die bleiben vorne am Tresen hocken, während die Besucher auf Besichtigungstour gehen. Das sind die Regeln in so einem Museum. Hab ich mit eigenen Augen beobachtet und registriert."

Piet legte seinen Kopf auf seiner rechten Hand ab, die vom Ellenbogen, der auf der Tischplatte bedingten Halt gefunden hatte, ausbalanciert wurde. Sein Zeigefinger wanderte nachdenklich über seinen Mund, sein Blick suchte die Weite über dem Delft, über der Stadt, in den Wolken.

„Klingt überzeugend. Das muss ich zugeben. Aber wie hängen wir dein Poster auf? Bestimmt nicht mit Tesa. Das muss doch echt aussehen."

„Wir kleben es vorher auf eine Hartfaserplatte. Die gibt es in jedem Baumarkt und den Doppelkleber auch. Dann brauchen wir vor Ort nur noch die Folie abzuziehen und pappen es an die Wand. Das hält bombenfest."

„Genial!", strahlte Piet. „Das könnte klappen. Also, wir tauschen das Bild aus und verschwinden wieder. Schnell rein und schnell wieder raus. Das dauert keine zehn Minuten."

„Genau so habe ich mir das gedacht", grinste Gerd. „Das ist ja das Geniale an dem Plan. Wir konzentrieren uns auf ein Bild. Damit rechnet niemand. Wir packen es in eine Decke und sind weg, bevor der Alarm so richtig losgeht."

„Welchen Wagen nehmen wir? Am besten was Schnelles. Den großen Porsche. Diesen Kastenwagen, du weißt schon. Wir sollten rechtzeitig nachsehen, wo einer steht", schlug Piet begeistert vor.

„Quatsch! So ein Blödsinn!", schimpfte Gerd, sodass sich die Frauen nun nach ihm umsahen. „Das ist doch viel zu auffällig! Dann haben sie uns ja gleich am Kanthaken. Nee, mein Lieber, wir stechen in See. Wir machen uns per Boot aus dem Staub. Auf dem Stadtgraben kann uns niemand folgen. Und da vermuten sie uns auch nicht. Wir nehmen keinen Porsche, sondern das Motorboot von meinem Vetter."

„Schade, schade", meinte Piet, „aber genial. Das muss der Neid dir lassen. Darauf muss man erstmal kommen. Während die Bullen eine schnelle, dicke Kiste suchen, sind wir längst weg."

„Siehst du?", lachte Gerd. „Darum mache ich die Pläne. Und das Bild, das verstecken wir im Bootshaus von meinem Vetter. Das hat der seit Jahren nicht betreten. Krank, wie der ist."

„Dann fehlen ja nur noch das Verkaufsgespräch und die Übergabe", freute sich Piet.

„So ist es. Wir lassen sie ein paar Tage schmoren und rufen sie dann mit einem Wegwerfhandy an", erklärte Gerd ebenso trocken wie leise. „Den Preis geben wir natürlich vor: eine Million."

„Waaaas?!", entfuhr es dem Kleinen. „Eine Mill…?"

„ …Melone!", grätschte ihm Gerd laut ins verräterische Wort und trat seinem Komplizen vors Schienbein.

„Au!"

„Sag mal, bist du eigentlich noch ganz dicht? Wir planen hier den Coup des Jahrhunderts und du spielst Megaphon!", schimpfte Gerd, während sich Piet mit finsterer Miene ans Schienbein fasste.

„Und du? Musst du gleich ausschlagen wie ein altes Pony?", beschwerte sich Piet. „War doch keine Absicht. Kann ich wissen, was das Bild von diesem Meier wert ist?"

„Mueller!"

„Ist mir doch egal", meckerte Piet, nahm einen Schluck aus der Flasche und kehrte zum Plan zurück. „Sag mir lieber, wie du dir die Übergabe vorstellst. Wie ich das verstanden habe, ist das Bild nicht gerade klein."

„Einszwanzig mal neunzig."

„Dann lassen wir es einfach in dem Bootshaus und machen die Übergabe dort."

„Mensch, Piet! Das gehört meinem Vetter!", brummte Gerd. „Die brauchen fünf Minuten und wissen, wer sie abkassiert hat. Außerdem kommen wir da nicht schnell genug weg."

„Also brauchen wir doch ein Auto! Ein Auto, in dem das Bild Platz hat. Der Porsche-Kastenwagen."

Gerd sah seinen Komplizen besorgt an. „Die Übergabe ist das einzige Problem. Die rücken nämlich die Kohle nur raus, wenn sie im Gegenzug das Bild kriegen. Sonst könnte sie ja jeder Trittbrettfahrer abzocken. Das habe ich auch in einem Film gesehen. Geld gegen Ware. So läuft dieses Geschäft. Außerdem kann man so ein Bild nicht einfach irgendwo deponieren. Das wäre viel zu riskant. Aber eine persönliche Übergabe ist noch viel riskanter. Da laufen wir denen direkt in die Falle."

„Wir könnten es ihnen per Post schicken", schlug Piet vor,

jetzt wieder ganz bei der Sache. „Oder mit einem Taxi. Und die Kohle kommt auch mit einem Taxi.“

Aber Gerd wiegelte ab: „Nee, nee. So einfach geht das nicht. Ich sage dir, die wollen das Bild sehen. Sonst läuft da gar nichts. Die sind doch nicht blöd. Wenn unsere kleine Entführung erst einmal in der Zeitung steht, könnte ja jeder das Bild zum Verkauf anbieten.“

„Und wenn wir es nachts heimlich wieder in die Kunsthalle bringen und dort auch das Geld deponiert ist? Oder wir teilen uns auf? Du übergibst das Bild, während ich die Kohle in Empfang nehme?“

„Das könnte dir so passen“, murrte Gerd. „Nee, nee. So genial der Plan ist, und er ist wirklich genial, denn er ist von mir, er ist einfach noch nicht ganz fertig. Der Abschluss fehlt noch, das gebe ich zu. Selbst am heutigen Morgen habe ich gehofft, noch schnell eine gute Idee zu finden. Aber sie ist ausgeblieben. Die Übergabe ist das größte Risiko. Da dürfen wir uns keinen Fehler leisten.“

„Dann lass uns doch noch warten“, meinte Piet. „Uns fällt bestimmt eine akzeptable Lösung ein. Kommt Zeit, kommt Rat. Oder hast du es sehr eilig?“

„Das nicht. Aber wenn wir noch etwas Zeit brauchen, brauchen wir auch etwas Kleingeld. Zeit ist Geld.“

„Drei Matjesbrötchen!“, rief eine unbekannte Stimme dem Wirt zu.

Die Blicke der beiden Profis trafen sich, teilten sich und wanderten langsam über das Hafenwasser, um sich beim Imbisswagen wieder zu vereinen. Sie brauchten nur ein paar Schritte und standen vor dem Wirt, der gerade einen Schein der Kasse übergab.

„Und, Heiner, wie läuft dein Laden eigentlich so?“, fragte Gerd unschuldig.

„Bei dir ist es ja immer voll“, ergänzte Piet. „Die Matjes werfen bestimmt ganz schön was ab, oder?“

Matjes

Matjes

Der Name Matjeshering ist dem niederländischen Wort „maatjesharing" entlehnt, das entstanden ist aus dem älteren „maagdekens haering" (Mägdleinshering oder Jungfernhering). Der junge, wohlgenährte und noch nicht laichreife Hering wird von Mitte Mai bis Anfang Juni an der Ostküste Schottlands, an der Nordküste Irlands und in der Ostsee gefangen. Der Fisch ist dann noch zart, hat kräftige Fettflomen und je nach Geschlecht erst einen kleinen Anteil an Milch oder Rogen. Noch an Bord wird der Hering gekehlt – das Tier blutet aus und behält so seine helle Farbe. Die Eingeweide werden entfernt, nur ein Rest der Bauchspeicheldrüse bleibt im Hering. Aus gutem Grund: Von der Drüse gehen Enzyme aus, die den typischen Heringsgeschmack hervorbringen. Noch am Fangtag wird der Fisch gesalzen. Moderne Kühlungsmethoden erlauben eine salzärmere Konservierung. Weit über Ostfriesland hinaus bekannt ist der „Emder Matjes" des traditionsreichen Unternehmens Fokken & Müller.

Pekelhereng mit grön Speckbohnen –
Salzhering mit grünen Speckbohnen

Zutaten
8 Matjesfilets
Zwiebeln
1 kg Grüne Bohnen
Salzwasser
250 g durchwachsener Speck
40 g Butter
1 Bund Bohnenkraut
1 Bund Petersilie
Muskat

Zubereitung
Die Bohnen waschen, abfädeln, in Salzwasser 20 Minuten
garen, abgießen, die Butter darübergeben und mit dem
gehackten Bohnenkraut und der Petersilie bestreuen. Mit
Muskat abschmecken. Den gewürfelten Speck auslassen
und ebenfalls über die fertigen Bohnen geben. Die Matjesfilets mit Zwiebelringen anrichten. Dazu schmecken Pell-
oder Bratkartoffeln.

Tipp
Hierzulande wird Matjes auch gerne zu einem Salat
verarbeitet. Dazu werden Matjesheringe in kleine Stücke
geschnitten und mit feingewürfelten sauren Gurken,
Äpfeln und Zwiebeln (in Scheiben geschnitten) vermengt.
Schmeckt auch gut: Eingemachte Rote Bete zerkleinern
und in den Salat geben.
Die Salat-Mischung wird dann mit Sahne übergossen und
mit dem Sud von den sauren Gurken abgeschmeckt. Der
Salat sollte gut durchziehen, abschließend mit Dill garnie-
ren. Dazu passen Pellkartoffeln.

Updröögt Bohnen – Bohnen am Band

Anja Reuter

Liebe geht durch den Magen

Das Bohntjeband hatte sich um ihren Hals geschlungen wie die Bohnenranken um die Bohnenstangen. Fast wie von selbst. Nun hatte sie den Salat, „Bohnen-Salat" gewissermaßen. Sie konnte von Glück reden, dass die Bohnen im hinteren Teil des Gartens wuchsen und hierdurch die Leiche verdeckten. Wenn man in ihrer Situation überhaupt noch von Glück reden konnte.

Zu ihren Füßen lag nämlich ihre Nachbarin. Meta Geerdes, seit 70 Jahren nicht rausgekommen aus diesem Dorf und nicht mehr ganz so energisch wie eben noch am Gartenzaun. Mittlerweile sogar ziemlich blass um die ostfriesische Nase und mausetot. Die geblümte Kittelschürze glänzte noch immer im Sonnenlicht, fiel jetzt aber in schlaffen Falten um ihre hagere Gestalt. Die blassbraunen Strümpfe waren verrutscht und die unvermeidlichen Cord-Pantoffeln lagen auf den Waschbetonplatten. Metas Mund war weit aufgerissen, wie sonst nur für ihre verbalen Boshaftigkeiten.

„Himmlische Ruhe", dachte Elisabeth. Aber irgendwie konnte sie sich gar nicht erklären, was hier geschehen war. Die Tränen schossen ihr in die Augen und dachte sie noch, sie würde weinen, lachte sie doch im nächsten Moment – und fand kein Ende mehr.

„Garten ist irgendwie auch Werden und Vergehen", kam es ihr in den Sinn. War dies Traum oder Albtraum? Wunsch oder Wirklichkeit? Sie wusste es nicht, sie wusste gar nichts mehr. Könnte sie sich doch nur mit den Bohnen in den Himmel ranken, so wie Münchhausen damals zum Mond. Die Leiche war damit aber trotzdem nicht verschwunden und die Bohnen bekam sie erst recht nicht mehr aus dem Kopf. Überall nur Bohnen.

Am Anfang war da nur dieses Gefühl. Eine Art Unbehagen. Das Gefühl, jemand wäre in ihrem Haus, ihren privaten Räumen, gewesen. Zunächst glaubte sie noch, sie würde es sich einbilden. Aber dann war da dieser unangenehme Geruch, oft, wenn sie abends spät nach Hause kam. Er hing in den Räumen, mal deutlich wahrnehmbar, mal nur als Hauch. Wo sie in dieser misslichen Lage zwischen den Bohnen saß, schien der Geruch plötzlich auch wieder da zu sein.

Darüber konnte sie nun jedoch nicht nachdenken, sie musste im Hier und Jetzt eine Lösung finden. Metas Leiche war schließlich nicht wegzudiskutieren. Wie gut, dass Habbo, Metas Ehemann, nicht unerwartet – wie so oft – durch die Büsche hervorlugen konnte. Denn für gewöhnlich ließ er sie nicht aus den trüben Augen. Aber zurzeit befand er sich ja im Klinikum. Dort würde man seiner Meta heute allerdings auch nicht mehr helfen können und hier musste sie jetzt wohl selber Maßnahmen ergreifen.

Am Bohntjeband aufgefädelt war sie bereits, aber Elisabeth konnte sie ja schlecht auf den Dachboden zum Trocknen hängen. Auch konnte sie sie später wohl kaum mit der Haushaltsschere in gleich lange Stücke schneiden. „Reife, weichschalige Bohnen", kam es ihr in den Sinn, „werden von den Fäden befreit". So jedenfalls stand es unter der Überschrift „Updröögt Bohnen" in ihrem ostfriesischen Kochbuch.

Geistesabwesend befreite sie zunächst Metas Hals von der Bohnenschnur. Die roten Striemen lagen wie eine mehrreihige Kette um ihren Hals, boten jedoch keineswegs einen schönen Anblick.

Am Anfang hatte sie noch gedacht, sie hätte die Dinge ganz in Gedanken verlegt. Aber gerade die alten Erbstücke lagen ihr doch am Herzen. Sie hatten ihren bestimmten Platz in der alten Schmuckschatulle ihrer Familie. Und nicht auf der Ablage im Bad, wo sie die Perlenkette ihrer Oma schließlich entdeckte. Waren hier Einbrecher am Werk? Geladene Gäste waren in letzter Zeit nicht im Haus gewesen.

Elisabeth war noch nicht lange in Ostfriesland. Das rätselhafte Verschwinden ihrer Großmutter beschäftigte sie noch immer. Sie hatte nie geglaubt, dass ihre Großmutter einfach so weggegangen war. Sie war in dieses Haus und in dieses Dorf gekommen in der Hoffnung, mehr über die rätselhaften Umstände zu erfahren und endlich ihre Ruhe zu finden. An Ruhe war jetzt wohl nicht mehr zu denken, auch wenn Meta für immer verstummt war. Irgendwie musste Elisabeth Meta verschwinden lassen – und das möglichst unauffällig.

Ihr musste für das plötzliche Ableben ihrer Nachbarin etwas Schlüssiges einfallen. „Aber wie nur lässt man eine Leiche verschwinden", dachte Elisabeth. Verbrennen? Zu auffällig, es war nicht die Zeit, in der Bohnenstroh oder allerlei Gehölz verbrannt wurden. Und eine größere Menge Säure würde sie auf die Schnelle nicht auftreiben können. Unauffällig musste es sein und unbeobachtet von etwaigen Mitwissern vonstatten gehen.

Elisabeth fühlte sich oft beobachtet. Nicht nur, wenn sie ihren Nachbarn Habbo wieder hinter der Hecke erwischte oder wenn Meta und Habbo in trauter Eintracht auf dem mit einem Kissen gepolsterten Fensterbrett lehnten und zu ihr herüberstarrten. Sie fühlte sich auch in den eigenen vier Wänden beobachtet, so als hätten auch diese Augen.

Habbo ging sie, wenn es irgend möglich war, aus dem Weg. Spätestens seit er ihr in ihrem eigenen Garten aufgelauert hatte – als sie sich gerade sonnte. Seine Blicke waren eindeutig und unangenehm gewesen.

Auch Meta tauchte immer wieder wie ein Geist am Gar-

tenzaun oder direkt neben ihr auf. Mit scharfer Zunge trak-
tierte sie Elisabeth mit ihren immer gleichen Ratschlägen
und Spitzfindigkeiten.

Sie hatte Metas Worte noch im Ohr: „Bei Bohnen gilt:
Wer viel pflückt, erntet auch viel! Aber immer gut gießen
und bei Bohnen immer bedenken, dass sie ‚die Glocken läu-
ten hören wollen‘, also nur zwei, drei Zentimeter mit Erde
bedecken.“

Das alte Haus hatte lange leer gestanden. Eigentlich seit
dem plötzlichen Verschwinden ihrer Großmutter. Am Anfang hatte noch eine Freundin ihrer Großmutter aus dem
Dorf nach dem Rechten gesehen, bis diese dann aber selber
in ein Altenheim umgezogen war.

Elisabeth und ihre Mutter hatten es nicht übers Herz
gebracht, das Haus zu verkaufen. Insgeheim hofften sie
vielleicht immer noch auf die Rückkehr der schmerzlich
vermissten Mutter und Oma. Nüchtern betrachtet sprach
nichts dafür, das Haus zu behalten. Ihre Nachbarn Meta und
Habbo hatten ihnen immer wieder Angebote für das Haus
unterbreitet.

Ihre Familie wusste jedoch von den jahrelangen Nachbar-
schaftsstreitigkeiten. Ihnen war nicht wohl bei dem Gedanken, das Haus nun an sie zu verkaufen. Die Hartnäckigkeit
und Vehemenz der Kaufangebote ließ sie zudem skeptisch
werden.

Seit Elisabeth in das alte Haus eingezogen war, ließen
die beiden aber auch an ihr kein gutes Haar und setzten die
Streitereien unverhohlen fort. Elisabeth hatte ungewollt ein
schweres Erbe angetreten. Es war nicht nur so, dass sie sich
beobachtet fühlte. Wieder und wieder glaubte sie zu erkennen, dass sich Meta und Habbo auch in ihr Leben einmisch-
ten.

Das Ganze spitzte sich zu, als Elisabeth Drainagerohre verlegen lassen wollte, um das alte Mauerwerk des Hauses vor Feuchtigkeit zu schützen. Die Geerdes taten alles Erdenkliche, um die Erdarbeiten zu verzögern, fingen die Handwerker ab und schickten schließlich zwei Mitarbeiter des Umweltamtes.

Umso überraschender kam nach diesen Übergriffen die Einladung der Nachbarn zum Essen. Meta hatte Eintopf gekocht – Updröögt Bohnen, ein ostfriesisches Nationalgericht, wie die selbstverliebte Hausfrau auch sogleich betonte. Elisabeth mochte nicht ablehnen und die Höflichkeit gebot es ihr, die Speise wenigstens zu probieren. Schließlich wollte sie das eh schon angespannte Verhältnis nicht noch mehr belasten.

Sie schob die hellen Bohnen, die ihr nicht schmeckten, auf dem Teller hin und her. Aß, so gut es ging, um sie herum. Irgendwie waren die Bohnen merkwürdig hart und wachsartig. Sie schmeckten strohig und schal, als wären sie ungekocht. Und nur die zerstampften heißen Kartoffeln um sie herum schienen ihre Wärme an die Bohnen abzugeben.

Habbo aber mundete es sichtlich, hielt seine Frau ihn doch sonst eher kurz. Er genoss nicht nur eine ordentliche Portion der Speise, sondern mehr noch die Gesellschaft seiner jungen Nachbarin. Es schien so, als würde Elisabeth seinen Appetit gewissermaßen anheizen, auch wenn ihm seine Frau dafür böse Blicke zuwarf. Als ob sie ihn bremsen wollte. Meta selbst aß nur ein paar Happen Fleisch und stocherte in den Kartoffeln herum.

Nachdem sie sich verabschiedet hatte und wieder hinübergegangen war, wurde ihr von Stunde zu Stunde übler. Sie hatte Magenkrämpfe. Ihr war richtig schlecht. Schüttelfrost und Schweißausbrüche folgten. Als sie sich bereits übergeben hatte und sich mit einem großen Glas Wasser und Kohletabletten am Küchentisch wiederfand, hatten Blaulicht und Sirenenlärm die Nachbarschaft aufgeschreckt. Der Krankenwagen holte Habbo ab.

Nun war ihr endgültig klar, dass die Bohnen wirklich roh gewesen waren und Meta versucht hatte, sie damit zu vergiften. Elisabeth hatte noch am Abend die Nummer des Giftnotrufs gewählt und hier erfahren, was ihr schon dämmerte. Bohnen übten ungekocht nicht nur eine durchschlagende Wirkung auf die Verdauung aus, sondern konnten in großen Mengen auch giftig bis tödlich sein. In ihrem ostfriesischen Kochbuch wurden die Bohnen gekocht, diese Art von „Updröögt Bohnen" waren wohl ein Spezialrezept von Meta und statt ihrer hatte es nun den armen und verfressenen Habbo erwischt. Das war jetzt zwei Tage her und Habbo ging es leidlich besser. Elisabeth begann Meta regelrecht zu hassen. Beim nächsten Mal würde sie sie anzeigen.

Als sie sich jetzt verzweifelt umblickte, fiel ihr Blick auf den Spaten und ein Plan war gefasst. Sie würde die Leiche einfach an Ort und Stelle vergraben. Hatte Meta nicht gesagt, dass die Bohnen guten Dünger brauchten?

Die Geerdes lebten sehr zurückgezogen. So schnell würde keiner Meta vermissen und Habbo würde sicher noch eine Weile in der Klinik bleiben müssen mit seiner Nahrungsmittelvergiftung. Bis dahin konnte sie mit Sack und Pack verschwunden sein und hinter den Bohnenstangen war sie vor neugierigen Blicken geschützt. Weitere Zaungäste waren nicht zu erwarten und im Garten zu graben war zudem nicht verdächtig.

Eigentlich hatte sie doch nur Nachforschungen über das Verschwinden ihrer Großmutter anstellen wollen, nun vergrub sie die Leiche ihrer Nachbarin. Der Boden war zäh und lehmig. Die ungewohnte Arbeit ging nur mühsam voran. Ein kleines Pflanzloch zu graben war das eine, aber einen ganzen Körper darin verschwinden zu lassen, erforderte schon weitaus mehr Kraft. Schicht um Schicht arbeitete sie sich hinter den Rankpflanzen in den klebrigen Boden hinein. An ihren Händen bildeten sich bereits erste Schwielen. Elisabeth nahm den Spaten noch fester in die Hand und stieß ihn entschlossen in die Erde.

Von ihr unbemerkt, zog sich der Himmel zu und mächtige dunkle Wolkenberge türmten sich auf. Als sie es fast geschafft hatte, brach mit lautem Donnerhall das Gewitter über sie herein und die ersten dicken Tropfen klatschten zu Boden. Der Regen trommelte und mit den letzten Spatenstichen drang ein hohles Geräusch an ihre Ohren. Erschöpft ließ sie den Spaten sinken und richtete ihren Blick zu den Wolken. Das kühle Wasser floss über ihre geschlossenen Augen.

Pfützen und Rinnsale bildeten sich bereits und das Wasser begann auch die ausgehobene Grube zu füllen. Mit dem Handrücken versuchte Elisabeth ihre Augen vor dem Wasser zu schützen.

Ihr Blick fiel in die ausgehobene Grube. Sie blinzelte und erschrak über das, was sie im nächsten Augenblick erkannte. Im dunklen Erdreich zeichnete sich etwas Helles, Wachsartiges ab. Sie konnte keinem der ihr bekannten Gemüse zuordnen, was da vor ihr lag. Elisabeth sah näher hin. Der Schreck fuhr ihr in alle Glieder und sie begann zu zittern. Schwindel erfasste sie. Der Regen wusch das, was da vor ihr lag, langsam weiter heraus. Das konnte doch nicht wahr sein! Das war gar kein Gemüse, das war ein Mensch! Und schließlich erkannte sie, dass dieser Mensch da unten in der Grube ihre eigene Großmutter war und starrte mit Entsetzen auf das bleiche, wächserne Gesicht und den gelblich, grauweißen Körper.

Das Gewitter hatte sich entladen und Elisabeth wurde plötzlich alles klar. Sie sah Meta wieder vor sich stehen.

Auf das Abfälligste sprach sie über ihre Großmutter. Die Augen kalt und grau. Den Zeigefinger zu einer weiteren Schimpftirade erhoben, die Schultern angespannt. Ein Wortschwall überrollte Elisabeth. Ein Ausdruck hässlicher als der andere, eine Behauptung unschöner als die nächste. In ihrem Kopf hallten die Worte nach – „Gut, dass die Alte tot ist, so wie sie meinem Habbo immer schöne Augen gemacht hat!"

Alles in Elisabeths Körper spannte sich an. Mit beiden Händen griff sie das Bontjeband fester. Sie hatte es noch von der unterbrochenen Gartenarbeit bei sich. Meta war schon im Begriff zu gehen und wandte sich von ihr ab, als Elisabeth ihr das Band blitzschnell um den Hals schlang. Sie zog an beiden Enden. Röcheln war zu hören.

Noch ein paar hilflose Armbewegungen. Elisabeth hielt die Enden des Bandes fest gespannt. Die Augen quollen aus dem blau angelaufenen Gesicht. Bis der Körper zu Boden sank.

Meta hatte die ganze Zeit versucht, sie loszuwerden, damit ihre grausame Tat, der Mord an ihrer Großmutter, nicht ans Tageslicht kam. Sie wollte mit allen Mitteln verhindern, dass Elisabeth an dieser Stelle den Garten aushob. Elisabeth konnte nicht wissen, wie sehr sie in der Vergangenheit graben würde.

All das hatte sie sich nicht eingebildet. Meta hatte sie beobachtet und überwacht. Hatte zusammen mit Habbo alles getan, um an das Grundstück zu kommen und sie beim Umweltamt angeschwärzt. Hatte sich heimlich ins Haus geschlichen und sich mit der Kette ihrer Oma geschmückt. Habbo hatte aber wieder nur Augen für seine Nachbarin gehabt, diesmal für Elisabeth. Und eines war sicher, „Updröögt Bohnen" würden bei ihr so schnell nicht wieder auf den Tisch kommen.

Updröögt Bohnen – Bohnen am Band

Ostfriesland ist Eintopf-Land. Die Tradition geht auf das Kochen über offenem Feuer zurück: Über der Feuerstelle war ein Haken angebracht, an dem ein großer Eintopfkessel hing – alle Zutaten fanden sich darin wieder. So auch beispielsweise das Gericht „Updröögt Bohnen", für das Bohnen verwendet werden, die zuvor getrocknet worden sind. Dafür werden sehr reife Ostfriesische Speckbohnen mit Hilfe einer großen Stopfnadel Schote für Schote auf „Bohntjeband" (ähnlich wie Paketband) aufgezogen. Die Bohnen-Bänder – 1,30 Meter Länge ergibt eine Mahlzeit für vier Personen – werden zum Trocknen in der Sonne oder in einem warmen Raum aufgehängt. Nach sechs bis acht Wochen sind die „Updröögt Bohnen" gut durchgetrocknet. Bei der Zubereitung entwickeln sie ein ganz spezifisches Aroma. „Updröögt Bohnen" halten sich lange, wenn sie in einem Leinenbeutel an einem luftigen und trockenen Ort aufbewahrt werden. Vor der Zubereitung müssen sie eine Nacht lang gewässert werden.

Updröögt Bohnen

Zutaten
500 g Updröögt Bohnen
2 l Wasser zum Quellen
½ l Gemüsebrühe
250 g durchwachsener, getrockneter Speck
4 Mettwürste
500 g Kartoffeln
50 g Butter
Salz
Pfeffer

Zubereitung
Die getrockneten Bohnen zunächst gründlich waschen und dann in kleine Stücke brechen oder mit der Schere zerschneiden. Die Bohnen über Nacht in zwei Liter Wasser quellen lassen. Das Bohnenwasser am nächsten Tag abgießen. Die Bohnen in einem großen Topf mit der Gemüsebrühe und dem Speck aufsetzen und zirka zweieinhalb bis drei Stunden auf kleiner Flamme garen. Die geschälten Kartoffeln und die Mettwürste in den letzten 30 Minuten hinzugeben und mitköcheln lassen. Im Anschluss den Speck und die Würste herausnehmen, die Butter hinzufügen und alles miteinander vermengen. Mit den Gewürzen abschmecken.

„Updröögt Bohnen" ist ein typisch ostfriesisches „Dörstampt Eten" – das heißt die Zutaten werden vor dem Servieren durchgestampft. Dazu passt Rote Bete.

Puffert – Mehlkloß

Usch Luhn

Nonnensterben

Lorelei hörte das Kreischen der Gänse noch bevor sie die Augen aufschlug. Aufgeregt sprang sie aus dem Bett, schnappte das Fernglas und rannte barfuß und im Nachthemd auf den Dachboden. Von hier hatte man den besten Blick über den Dollart. Wenn sie sich nicht täuschte, waren es noch mehr Vögel als im letzten Herbst. Weißwangengänse. Sie kamen aus Russland ans Wattenmeer zum Überwintern. Loreleis Vater, der Hobby-Ornithologe, hatte sie immer liebevoll meine Nonnen genannt. Er zählte sie jeden Herbst gewissenhaft und trug das Ergebnis in eine schwarze Kladde ein. Die lag nun in seinem Lederkoffer in ihrem Schlafzimmer, wie die anderen Erinnerungsstücke, die Lorelei nach dem Unfalltod ihrer Eltern aufgehoben hatte.

Als sie noch ein Kind war, hatte sie eine verletzte Nonne im Watt aufgelesen und im Fahrradkorb nach Hause gebracht. Unterm Birnbaum, ihrem Lieblingsplatz, würde sie sich sicher schnell erholen. Ihr Vater säuberte das Tier von Schlick, schiente den gebrochenen Flügel. Über Nacht kam der erste Herbststurm. Lorelei richtete der kranken Gans ein Nest im Hühnerstall und wartete geduldig auf ihre Genesung. Tagelang kauerte die Gans zwischen Queller und Weidelgras, fraß nicht, trank nicht, gab keinen Laut. Es war ausgerechnet Loreleis Geburtstag. Ihre Mutter bereitete dafür den ersten „Puffert" zu. Der feine Hefegeruch strömte bis unter das Dach. Die Kochbirnen für das Kompott stammten aus der Ernte dieses Jahres, hatten dieselbe Farbe wie die Teerosenblätter vor dem Küchenfenster und zerschmolzen auf der Zunge. Aber an diesem siebten Geburtstag brachte Lorelei keinen Bissen hinunter.

„Die Nonne schafft es nicht", sagte ihr Vater knapp und sah ihr dabei nicht ins Gesicht. „Besser, sie wäre im Dollart hopsgegangen." Die Gans einfach zu töten brachte er aber auch nicht fertig. Er setzte das geschwächte Tier wieder unter den Birnbaum, befreite den Flügel von der Schiene und ließ der Natur ihren Lauf.

Lorelei verkroch sich in ihr Bett. Aber sie konnte nicht einschlafen. Sie hörte die anderen Gänse am Dollart heiser ein Totenlied kreischen. Schließlich stand sie auf und schlich in die Küche. Ihre unberührte Portion „Puffert" stand noch auf dem Küchentisch. Die Mutter hatte sie mit einem Geschirrtuch vor den Fliegen abgedeckt. Lorelei zerriss den „Puffert" in mundgerechte Brocken, verstaute sie in einem geknoteten Taschentuch und rannte zum Birnbaum.

Nur noch stecknadelgroß waren die sterbenden Augen der Nonnengans, aber Lorelei fürchtete sich nicht.

„Ich hab heute Geburtstag", sagte sie ernst und breitete das Taschentuch aus. „Puffert' ist meine Leibspeise. Du wärst besser im Watt geblieben, sagt Papa."

Sie nahm ein großes Stück und stopfte es der Gans in den Schnabel. Den Rest „Puffert" ließ sie auf dem Taschentuch liegen und rannte erschreckt von dem Schrei eines Käuzchens eilig zurück ins Haus.

Am nächsten Morgen war die Gans tot und kein winziger Krümel von dem „Puffert" übrig.

Ihr Vater hatte Unrecht gehabt. Zwar war es der armen Nonnengans nicht vergönnt gewesen zu leben, aber wenigstens hatte Lorelei ihren Tod versüßt. Von diesem Tag an fühlte sie sich den Nonnengänsen besonders verbunden.

Lorelei öffnete den Riegel der Dachluke und steckte ihren Kopf weit hinaus. Ihr Herz klopfte heftig. Sie hatte Geburtstag und die Gänse waren da. Der Tag war einfach perfekt. Jetzt musste sie nur noch den „Puffert" zubereiten. Die Zutaten dafür standen in der Speisekammer bereit. Der Wind wurde heftiger, konnte gut sein, dass es später Sturm gab. Sie durfte keine Zeit verlieren. Sorgfältig verschloss sie die Dachluke wieder.

Mit ein paar Handgriffen legte sie alles zurecht, was sie für den „Puffert" brauchte. Als sie sich nach der „Puffert"-Form streckte, verlor sie das Gleichgewicht und ritzte sich den Fuß an der Schneide der Handaxt blutig, die an der Wand lehnte. Sie sah schnell weg. Seit dem Unfalltod ihrer Eltern verursachte ihr der Anblick von Blut Übelkeit. Damals war sie wie durch ein Wunder als Einzige unversehrt aus dem Autowrack geborgen worden. Eilig wickelte sie ein Tuch um den Fuß und begann mit der Arbeit. Aus lauwarmer Milch, einer Prise Zucker, Mehl und frischer Hefe rührte sie einen Vorteig.

Danach setzte sie den Wasserkessel auf, holte die Zeitung aus dem Briefkasten und trank zwei Tassen Tee am offenen Küchenfenster. Schließlich vermengte sie die restlichen Zutaten mit dem Vorteig und schlug den Teig so kräftig mit einem Rührlöffel, bis er Blasen warf. Jetzt musste er noch eine ganze Stunde ruhen. Zeit, um ausgiebig zu duschen und sich anzukleiden. Sie entschied sich für das Leinenkleid mit den Sonnenblumen, das ihrer Mutter gehört hatte. Es passte ihr, wie für sie geschneidert.

Danach öffnete sie die Fensterflügel zum Garten und lauschte. Das Schnattern und Klappern der Gänse durchdrang ihren ganzen Körper und sie fühlte sich wie elektrisiert.

Sobald der Hefekloß im Wasserbad ausreichend gedämpft und abgekühlt war, wollte sie sich damit zum Dollart aufmachen und ihr Geburtstagsmahl mit den Gänsen teilen, so wie sie es seit dem Tod der Eltern begonnen hatte.

Sie wohnte ganz alleine in dem großen Haus, hatte nie Besuch von Leuten aus dem Dorf. Einmal in der Woche fuhr sie mit dem Fahrrad die Lebensmittel einkaufen, die sie brauchte. Das war nicht viel. Ein Auto hatte sie nicht wieder angeschafft. Die Garage stand seit dem Unfall leer. Ihre Arbeiten konnte sie von zu Hause erledigen. Der Verlag schätzte ihre sorgfältige Arbeitsweise, die Übersetzungen schickte sie pünktlich per E-Mail.

Lorelei wartete ungeduldig, bis die Stunde um war und schloss das Fenster, denn der Hefeteig vertrug keinen Luftzug. Ihre Mutter hatte für das Dämpfen nur ein Geschirrtuch benutzt. Aber nachdem Lorelei den „Puffert" zweimal in das simmernde Wasser versenkt hatte, schaffte sie sich eine Puddingform an, mit welcher der „Puffert" ohne Zwischenfälle gelang.

Sie hörte den Schuss im selben Moment, als sie das Metall mit einem Handtuch aus dem siedenden Wasser hob. Gleich darauf folgte ein zweiter und dritter Schuss, begleitet von lautem Vogelkreischen. Das Handtuch rutschte zu Boden. Im letzten Moment fing sie die Form mit bloßen Händen auf und stellte sie auf dem Küchentisch ab.

Die verbrühte Haut brannte fürchterlich und trieb ihr die Tränen in die Augen. Sie drehte den Wasserhahn auf und ließ den Strahl minutenlang über ihre Hände rinnen. Das kalte Wasser half nur wenig. In der Küchenschublade fand sie schließlich eine abgelaufene Heilsalbe, die den Schmerz etwas linderte. Sie hastete die Treppen hinauf zum Dachboden, um herauszufinden, was passiert war. Auf den ersten Blick war nichts Ungewöhnliches zu erkennen. Der „Puffert" musste erst abkühlen, bevor sie damit die Gänse fütterte. Aber so lange konnte sie nicht warten. Sie musste nachsehen, warum geschossen wurde.

Zum Glück war der Wind nicht kräftiger geworden, ein paar Sonnenstrahlen wagten sich hinter den Wolken hervor. Lorelei zog eilig den Anorak über das Sonnenblumenkleid und schlüpfte in die Gummistiefel.

Schon aus der Ferne erkannte sie, dass irgendetwas nicht stimmte. Es war Ebbe. Ein grauer Renault parkte auf dem schmalen Weg zwischen Watt und Seedeich.

Ein Mann lehnte an der Kühlerhaube, eine Schusswaffe in der Hand.

„Nein! Bitte nicht!", schrie Lorelei so laut sie konnte.

Genau in diesem Moment schoss er ein viertes Mal.

Ein jäher Todesschrei zerriss die Luft. Schwarze Federn wirbelten auf. Ein Schwarm kreischender Nonnengänse rettete sich hinaus auf das offene Meer, verfolgt von weiteren Schüssen.

Lorelei erstarrte, als wäre sie selber von einer Kugel getroffen worden. Erst nach einer Weile wich die Lähmung aus ihren Gliedern. Wütend stürmte sie auf den Fremden zu. Erst jetzt sah sie das Ausmaß des Massakers.

Wie Trophäen hatte er ein halbes Dutzend toter Nonnengänse um sich herum drapiert. Es stank unerträglich nach verschmortem Fleisch und warmem Blut.

„Völlig überflüssig, dieses Gesocks", sagte er grinsend.

Ungebremst schlug Lorelei ihm mit der Faust ins Gesicht.

Sofort begann er heftig zu bluten. Mit einem zornigen Schrei stieß der Fremde sie zu Boden und trat zu. Lorelei hörte ihre Rippen knacken. Sogleich breitete sich der Schmerz in ihrer Brust rasend schnell aus, bis sie nicht mehr atmen konnte.

Sie wurde ohnmächtig.

Als Lorelei wieder zu sich kam, war sie fast unbekleidet und der Fremde hielt ihr seine Waffe an die Schläfe. In seinen Augen konnte sie lesen, was er mit ihr vorhatte. Sie versuchte zu sprechen, aber ihr Hals war so ausgetrocknet, dass sie nicht mehr als ein Krächzen zustande bekam.

Der Fremde fand das lustig. Er hielt ihr einen Flachmann an die Lippen. „Trink", befahl er.

Lorelei hasste Schnaps. Sie schüttelte den Kopf

„Los. Ich befehle es dir!" Zur Bekräftigung entsicherte er seine Waffe.

Lorelei nahm einen hastigen Schluck. Das Gebräu brannte wie verrückt in ihrer Kehle und sie bekam einen heftigen Hustenanfall. Aber zumindest konnte sie wieder sprechen. „Bitte", flüsterte sie. „Bitte lassen Sie mich laufen ..." Sie begann zu weinen.

„Die Nonnen ... den ‚Puffert' ... ich wollte doch nur ..." Ganz plötzlich kam ihr eine Idee. „Mögen Sie ‚Puffert'? Ich hab heute Geburtstag."

Erst als der Fremde in ihrer Küche saß und ihren „Puffert" so gierig verschlang, als hätte er tagelang nichts zu essen bekommen, begann Lorelei sich zu fragen, wie sie es geschafft hatte, ihn nach Hause zu locken.

Er hatte ihr sofort geglaubt, als sie ihm versicherte, dass sie alleine wohnte.

Das hatte sie überrascht. Er war mit seinem grauen Peugeot unaufgefordert in die Garage gefahren. Hatte er sie etwa bereits ausspioniert, um sie bei nächster Gelegenheit zu überfallen?

Sie betrachtete ihn voller Abscheu.

Der „Puffert" war für die Nonnen bestimmt gewesen. Stattdessen saß ihr Mörder an ihrem festlich gedeckten Geburtstagstisch und schlug sich damit den Bauch voll. Das war nicht fair.

Er zog sie auf seinen Schoß und strich mit der Waffe über ihre Brust und zwischen ihre Beine. „Du hast dein Stück ja noch gar nicht angerührt. Dabei ist heute dein Glückstag, Schatz", grinste er und stopfte einen letzten Bissen „Puffert" in seinen Mund.

Er stand auf. „So." Er fasste sie grob an der Schulter und zwang sie auf den Tisch. Ein Porzellanteller fiel zu Boden und zerbrach.

Lorelei wurde übel. „Stopp!" Sie versuchte, ihre Stimme nicht so flehend klingen zu lassen, wie ihr zumute war. „Ich hab noch einen ganz besonderen Tropfen." Sie wand sich aus seinem Griff und steuerte die Speisekammer an.

„Du hältst mich nicht für blöd, oder?", sagte der Fremde drohend. „Glaubst du, ich weiß nicht, dass es da drin ein Fenster gibt?"

Also hatte er sie tatsächlich ausgekundschaftet. Aber dieses Mal hatte sie genau auf dieses Misstrauen gehofft. Sie versuchte sich zu konzentrieren. Der kleinste Fehler würde tödlich sein.

Wie in Trance öffnete sie die Tür der Speisekammer. Der selbstgebrannte Haselnusslikör ihres Vaters stand im Regal ganz rechts, gleich daneben lehnte die Handaxt, an der sie sich heute Morgen verletzt hatte. Ihre Chance stand fünfzig zu fünfzig. Nun zahlte sich hoffentlich aus, dass sie ihr Brennholz seit Jahren selber hackte.

Es musste alles in einer einzigen Bewegung und vor allem schnell passieren. Mit der linken Hand griff sie nach dem Haselnusslikör, während sie mit der rechten Hand den Griff der Axt fest umfasste und sie in die Höhe schwang.

Der Fremde erkannte die Gefahr erst in dem Augenblick, als die Axt auf ihn zukam und seinen Scheitel traf. Er brach wie vom Blitz getroffen zusammen.

Erleichtert ließ Lorelei den Haselnusslikör fallen.

Von jetzt an lief alles wie am Schnürchen.

Lorelei schleppte den leblosen Körper mit erstaunlicher Kraft die ausgetretenen Stufen hinunter in den Keller, ohne auch nur einmal innezuhalten. Die Glühbirne war schon eine Ewigkeit kaputt, aber Lorelei fand sich auch in der Dunkelheit zurecht. Nach weiteren fünf Schritten erreichte sie die riesige Kühltruhe. Das grüne Lämpchen leuchtete hell.

Auch wenn Lorelei keinen Wert auf Vorratshaltung legte, wie ihre Mutter das früher getan hatte, war die Truhe immer noch in Betrieb. Die Stromkosten für das Haus hielten sich ja sonst in Grenzen.

Lorelei ließ den Fremden auf den sandigen Kellerboden gleiten. Erst jetzt tastete sie nach der Stirnlampe, die in dem Weinregal daneben lag und öffnete den Deckel. Sie runzelte die Stirn. Es war weniger Platz darin, als sie es in Erinnerung gehabt hatte.

Zum Glück war der Fremde schmächtig.

Sie holte tief Luft und wuchtete seinen Leib mit einem rauen Schrei in die Gefriertruhe. Perfekt. Mit einem erleichterten Seufzer schloss sie den Deckel und verharrte einen Moment lang nachdenklich.

Es kam nicht häufig jemand vorbei, seit ihre Eltern tot waren. Aber nun zeigte sich wieder, wie wichtig es war, ausreichend Stauraum für ungebetene Gäste zu haben. Auch dass sie die Garage behalten hatte, war gut. Ein weiteres Fahrzeug hätte auf jeden Fall noch darin Platz.

Die Gefriertruhe hatte sich bereits in der Vergangenheit bewährt. Doch vielleicht sollte sie die Tradition ihrer Eltern wieder aufnehmen und Kartoffeln anpflanzen. Nicht nur Kleiboden war ein guter Dünger. Dieser Gedanke gefiel Lorelei außerordentlich gut.

Plötzlich ließ die Anspannung nach und ihre Knie begannen heftig zu zittern.

Sie taumelte und setzte sich auf die unterste Steinstufe. Sie beschloss, die neuen Pläne erst einmal sacken zu lassen. Schließlich war heute ihr Geburtstag. Und sie hatte noch kein einziges Stück „Puffert" gegessen.

Mit neuer Energie erhob sie sich und rannte leichtfüßig hinauf in die Küche.

In der Speisekammer stand das letzte Glas mit Kochbirnen, die ihre Mutter eingekocht hatte. Lorelei beschloss, dass heute der geeignete Tag war, sie zusammen mit dem „Puffert" zu essen, der immer noch sehr verlockend auf dem gedeckten Tisch auf sie wartete.

Zum ersten Mal konnte sie befreit lächeln. Ihr Geburtstag war schon immer etwas ganz Besonderes gewesen.

Puffert – Mehlkloß

So manche ostfriesische Spezialität ist ein Arme-Leute-Essen von anno dazumal. Dazu gehört auch die Zubereitung von Mehlklößen, denn sie machen richtig und dauerhaft satt. Diese mit Hefe versetzten Klöße sind hierzulande überall bekannt und beliebt, allein die Benennung des dampfgegarten Gerichtes sorgt dann und wann für Diskussionen, denn sie variiert von Dorf zu Dorf. Ob „Puffert", „Mehlpüüt", „Klütje" oder gar „Hüdel" – da scheiden sich die regionalen Geister. Fakt ist: Ein jeder bezeichnet das Gericht so, wie es schon seine Großmutter getan hat. Genauso verhält es sich mit den Beilagen. Während die einen ihren „Puffert" ausschließlich mit Birnenkompott (Birnen heißen auf plattdeutsch „Peren") und mit reichlich Vanillesoße genießen, wollen andere auf gar keinen Fall den Speck als Zugabe missen. Für andere wiederum sind die grünen Bohnen nicht wegzudenken. Die Bayern dagegen mögen ihre Dampfnudeln – das süddeutsche Pendant – am liebsten mit Zwetschgenkompott.

Puffert, Bohnen un Peren

Zutaten
800 g Mehl
500 ml Milch, lauwarm
30 g Hefe
3 Eier
1 TL Zucker
1 EL Butter
Salz

Zubereitung
Hefe, Zucker und etwas lauwarme Milch miteinander
verrühren und einen Vorteig herstellen. Die restliche Milch,
Mehl, Eier, Butter und eine Prise Salz miteinander verrüh-
ren. Den Vorteig hinzugeben und gut durchrühren. Den
Teig an einem warmen Ort etwa eine Stunde zugedeckt
gehen lassen, bis er sein Volumen verdoppelt hat.
In einem hohen Topf etwa eine Handbreit Wasser zum
Kochen bringen. Den Teig gut durchkneten und zu einem
Kloß formen, in ein Küchentuch legen und dieses unter
den Deckel hängen. Das Handtuch wird an den Griffen des
Topfes befestigt. Der „Puffert" darf nicht mit dem Wasser
in Berührung kommen, sondern muss darüber hängen.
Denn: Der Wasserdampf bringt den Teig zum Garen. Die
Garzeit beträgt etwa 45 Minuten. Alternativ kann für das
Garen eine Puddingform benutzt werden.

Zubereitung der „Peren" (Birnenkompott):
Birnen schälen, halbieren und entkernen. In einem Topf
mit Wasser bedecken, nach Belieben braunen Zucker hinzufügen und kurz aufkochen. Köcheln lassen, bis die Birnen
weich sind oder je nach Sorte rot werden.

Oostfresentort – Ostfriesentorte

Ocke Aukes

Ostfriesentorte zur Beerdigung

Zu den verführerischen Dingen einer Beerdigung gehören der Geschmack von Sahne und Rum. Schon bei den Worten „Horst hat der Schlag getroffen" lief Bärbel – statt dass ihr die Tränen kamen – das Wasser im Mund zusammen. Doch es gab auch einen Wermutstropfen, was Beerdigungen anging. Man wusste nie, was zum „Fell-Versupen", also zum Leichenschmaus, auf die Kaffeetafel kam.

Bärbel war eine Frau, die nur wenig erheitern konnte. Beerdigungen gehörten dazu. Wenn es nach ihr ginge, würde im Dorf jede Woche eine stattfinden oder wenigstens alle vierzehn Tage. Gab es Schöneres als einen Leichenschmaus? Die Gelegenheit, sich nach Herzenslust den Bauch mit Kuchen, Torten und Kaffee vollzustopfen. Das war etwas, worauf man sich freuen konnte, zumal, wenn die Hinterbliebenen Ostfriesentorte servierten. Die echte, die mit den eingelegten Rumrosinen. Ein Traum aus Biskuitboden, geschlagener Sahne, einem Viertelliter Rum, braunem Kandis und Rosinen.

Bärbels Lieblingstorte. Davon konnte sie essen, bis ihr schwummrig in der Magengegend und duselig im Kopf wurde. Gegen die Bauchbeschwerden half der ein oder andere Kognak. Diese mit zwei, drei Bierchen hinuntergespült, sorgten dafür, dass der heitere Zustand erhalten blieb, bis sie selig schwankend nach Hause ging. Nur ein Detail an diesen ansonsten so schönen Nachmittagen störte Bärbel. Die Predigten des Herrn Pastor. Wenn die nur nicht so langweilig wären. Bärbel wüsste, wie er sie aufpeppen könnte. Anstatt das Leben des Verstorbenen Revue passieren zu lassen, von dem sowieso jeder bis in die letzte Reihe der Kirche mehr wusste als der Herr Pastor, könnte er zur Abwechslung mal ans Eingemachte gehen. Das hatte sie ihm mehr als einmal gesagt, doch Pastor Visser wollte davon nichts hören. „Die Leute mögen das", erklärte er und predigte weiterhin nur Gutes über die Toten. Lobte sie in den höchsten Tönen und pries deren Verdienste um Familie oder Gesellschaft. Das war heuchlerisch und öde. Und wenn man Pech hatte, sprach er von beidem, der Verwandtschaft und den Ehrenämtern, was die Andacht unnötig in die Länge zog. Scheinheilige Bande.

Wie farblos wäre es in der Gemeinde, wenn Bärbel nicht die Gelegenheit nutzte, um die Dinge richtigzustellen. „Von einem Mann Gottes sollte man erwarten dürfen, dass er sich der Wahrheit verpflichtet fühlt", sagte sie. „Ich kann mich nicht erinnern, dass er jemals Schlechtes über einen Verstorbenen zu sagen wusste. Dabei würde es den Hinterbliebenen helfen, da bin ich mir sicher."

„Wobei helfen?"

„Mit dem Verlust fertigzuwerden. Pastor Visser sollte den Hinterbliebenen vor Augen führen, dass der Tod auch angenehme Seiten hat."

„Ich werde es ihm sagen, wenn du dran bist", gab Hinderk zurück und machte keine Anstalten, für sie die Kirchentür zu öffnen. Dabei gehörte diese höfliche Geste bei jeder Beerdigung zu seinen Aufgaben. Bärbel strafte ihn mit einem finsteren Blick, hob ihr Kinn ein wenig höher und vertraute der Frau neben ihr an: „Erinnerst du dich ans vergangene Frühjahr, als der Mann von der Irmgard gestorben ist? Ein Trinker vor dem Herrn. Hat Haus und Hof versoffen und man erzählt sich, die letzten fünfzehn Jahre musste Irmgard für seinen Unterhalt aufkommen. Mich würde es nicht wundern, wenn er sie und die Kinder geschlagen hätte. Wenigstens bei dem hätte der Herr Pastor auf Lobhudeleien verzichten können."

Hinderk ließ sie eintreten, da Bärbel sich bei der Frau untergehakt hatte. Am Eingang nahm sie eines der Gesangbücher aus dem Regal und wartete, bis die Frau sich ebenfalls eines genommen hatte. „Wenn du mich fragst", wisperte sie, „die Witwe kann froh sein, dass sie den Kerl los ist."

„Pscht", sagte die Frau, drängte sich an ihr vorbei und setzte sich in eine der vorderen Reihen. Bärbel folgte und nahm neben ihr Platz. „Na ja", flüsterte sie, „der Irmgard ihre Ostfriesentorte jedenfalls war fantastisch. Das Rezept gibt sie nicht heraus. Aber ich kann mir schon denken, was alles hineingehört. Ich kann nur hoffen, dass es heute keinen Butterkuchen gibt, der ist immer so trocken."

Die Frau rückte von ihr ab und Bärbel hing ihrer Hoffnung auf Torte nach. Die Chancen standen gut, denn die Hinterbliebenen bei der heutigen Beerdigung waren entfernt mit Irmgard verwandt. Da konnte man erwarten, dass das Rezept weitergereicht wurde.

Einige Wochen später war Bärbel erneut auf dem Weg zur Kirche. Unterwegs erfuhr sie, dass bei ihrem Nachbarn, den sie nicht leiden konnte, eingebrochen worden war.

„Stell dir vor, seine geliebte Pfeifensammlung wurde mitgenommen", vertraute sie schon zwei Minuten später vor dem Eingang zum Gotteshaus jemandem aus der Gemeinde an. Der Klang ihrer Stimme verhieß Mitgefühl, doch den wohligen Schauer vermochte sie schwerlich zu unterdrücken. Mit Leidensmiene und gesenktem Haupt trat sie beiseite, um die engsten Angehörigen des Trauerhauses Janssen vorbeizulassen. Die Familie sollte immer als erste die Kirche betreten. Ein leichter Duft von Frischgebackenem lag in der Luft, als die Schwiegertochter der Verstorbenen vorbeiging, und Hinderk meinte zu sehen, wie Bärbel das Wasser im Mund zusammenlief. Auch heute stand er an der Tür, öffnete diese für die Kirchenbesucher und nahm im Namen des

Trauerhauses die Beileidsbriefe entgegen. Eine vertrauens-
volle Aufgabe, denn die meisten Umschläge enthielten neben einem Gruß und tröstenden Worten Geld. Bärbel hatte
niemals einen abgegeben.

Eine halbe Stunde und viele salbungsvolle Worte später
verließ die Trauergemeinde zur Musik der Orgel die Kirche,
um der Toten das letzte Geleit zum nahegelegenen Friedhof
zu geben. Bärbel verzichtete immer auf die Gebete am offenen Grab, um vor den anderen das Gemeindehaus zu erreichen. Der frühe Vogel fängt den Wurm oder besser gesagt,
wer zuerst kommt, sichert sich die besten Plätze. Doch heute
war Hinderk schneller und verstellte ihr den Weg. „Einlass
nur für Familienangehörige", sagte er.

„Ich gehöre zur Familie." Was glatt gelogen war. Sie versuchte ihn zur Seite zu schieben.

„Seit wann?"

„Seit Adam und Eva. Außerdem geht dich das gar nichts
an. Du bist ja auch hier."

„Ich muss hier sein."

„Küster müsste man sein", sagte sie. Sein finsterer Gesichtsausdruck ließ sie zögern.

„Mein Beileid", sagte sie weniger forsch, vermutlich war
ihr eingefallen, dass er der Neffe der eben unter die Erde ge-
brachten Verstorbenen war. Sie griff nach seiner Hand und
schüttelte sie kräftig. Dabei gelang es ihr, sich an ihm vorbei
ins Gemeindehaus zu drängen.

„Das muss aufhören", dachte Hinderk.

Hinderk arbeitete als Küster in der ostfriesischen Kirchengemeinde, nur wenige Kilometer von Norden entfernt. Er
war zuständig für jede Arbeit rund um die Kirche und den
Friedhof und half gelegentlich als Totengräber aus. Es gab
vieles auf der Welt, was Hinderk nicht mochte. Schnellim-
bisse, Schlaglöcher in den Straßen, Leute, die ihr Fähnchen

nach dem Wind hängten, und Menschen, die sich am Elend anderer ergötzten. Und Schnorrer. Schnorrer verachtete er ganz besonders. Sie waren die Pest.

Als er an diesem Nachmittag Bärbel ein drittes Stück Kuchen essen sah, ging ihm Cousine Almas Ostfriesentorte quer durch den Hals. Eben winkte Bärbel der Bedienung, als er zu einem Entschluss kam. Dem Schnorrer-Elend musste ein Ende gesetzt werden. Wenn er nur wüsste wie.

Einige Zeit später kurz vor der Dämmerung machte er eine Runde über den Friedhof. „Um zu sehen, ob noch alle da sind", sagte er gerne und lachte dabei. Er hatte einen Plan und musste die Örtlichkeit überprüfen. Obwohl er sich hier bestens auskannte, wollte er sich die Parzellen aus einem anderen Blickwinkel ansehen. Wenn man Spektakuläres plant, sollte man gut vorbereitet sein. Für die Beseitigung seines Problems kam nicht irgendeine Stelle infrage, sie sollte schon mit Bedacht ausgewählt werden. Hinderk hatte mal gelesen, wenn man etwas verstecken wollte, tat man das am besten dort, wo es niemandem auffiel. Ein gestohlenes Pferd in einer Herde oder spezielles Obst in einem Gemüsestand. Es soll Diebe geben, die am helllichten Tag mit einem Möbelwagen vorfahren, um Wohnungen auszuräumen. So würde es vermutlich niemanden wundern, wenn ein Totengräber auf einem Friedhof eine Grube aushebt.

Er fragte sich eben, wo für sein Vorhaben der beste Platz sein könnte, als er an dem einzigen Mausoleum vorbeikam. Es war klein und hatte eine hölzerne Tür. Wenn man die Augen ein wenig zusammenkniff, wirkte es, wenn der dicke Engel links am Eingang nicht wäre, wie ein Gartenhäuschen. Er hatte den idealen Ort gefunden. Hier konnte er bei Tageslicht alles vorbereiten, ohne dass sich jemand Gedanken darüber machen würde. Denn auch ein Totengräber fiel auf, wenn er mitten in der Nacht auf dem Friedhof herumwerkelte. Nun musste ihm nur noch etwas einfallen, wie er Bärbel nach dem kommenden Leichenschmaus hierher locken konnte. Noch zwei Tage bis zur nächsten Beerdigung. Wenig Zeit, doch die Vorstellung, Bärbels Schnorrerei ein Ende zu setzen, motivierte ihn.

Bärbel zu überreden war leichter als gedacht. Nachdem sie viel zu viel getrunken hatte, reagierte sie beflügelt auf seinen Vorschlag. Er sprach von Frieden schließen und wollte im Anschluss an die Kaffeetafel dieses Ereignis mit einem Gläschen Sekt besiegeln, den er tiefgekühlt zu Hause aufbewahrte. „Und wenn du kein Angsthase bist", neckte er sie, denn es war bereits dunkel geworden, „kannst du die Abkürzung über den Friedhof nehmen."

Hinderk war ihr vorausgeeilt, er durfte nichts dem Zufall überlassen, konnte nicht damit rechnen, dass sie genau auf seine Installation trat, mit der der Mechanismus in Gang gesetzt wurde.

Wenige Meter neben dem Friedhofseingang standen mannshohe Büsche. Er versteckte sich hinter einem großen Engel, dessen bloßer schneeweißer Po im Mondlicht blinkte, und wich rückwärtsgehend zwischen die Äste. Als Bärbel an dem Engel vorbeiging, duckte er sich. Einige Dornen durchbohrten seine Hosenbeine. Die Zähne zusammenbeißend wartete er, bis Bärbel um die nächste Biegung gegangen war, ehe er ihr hinterherschlich. Als das Mausoleum in Sicht kam und sie zu weit auf der rechten Seite des Weges lief, machte er laute Gehgeräusche, damit sie ihn hörte.

„Ah, Hinderk", rief sie keck und blieb fast an der richtigen Stelle stehen. „Habe dich eben hinter dem Engel wohl gesehen."

„Soso", sagte Hinderk und trat neben sie. Er brauchte nicht nach unten zu schauen, um zu wissen, dass sie nur wenige Zentimeter vom Mechanismus entfernt stand. Er musste sie dazu bringen, einen Schritt zurückzumachen. Man gut, dass er vorhin die Grabkerzen im Mausoleum angezündet hatte, die jetzt hinter dem Fenster flackerten. „Die Nacht ist so gruselig", bemerkte er und deutete darauf.

Bärbels Blick ging vom Fenster über die beiden Engel vor dem Mausoleum zu einem alten Grabstein mit einem Totenschädel und gekreuzten Knochen darunter. Ihr Blick wanderte zurück zu dem marmornen Gesicht des einen Engels, der mit den pupillenlosen Augen und dem erhobenen Zeigefinger. In dem Moment rief Hinderk „Huuhuu", hob die Hände und wedelte damit. Erschrocken trat sie einen Schritt rückwärts und löste seine Vorrichtung aus.

„Sei still, du Blödmann, siehst du das?" Blaues Licht umflutete den steinernen Engel, indes der andere, der gestern noch nicht dort stand, mit Nebel verhüllt wurde.

„Bärbel", krächzte eine verzerrte Stimme, während gleichzeitig das helle Nachthemd, in dem die weiß gekalkte Schaufensterpuppe steckte, sich hin und her bewegte. „Bärbel, wenn du das nächste Mal kommst, bleibst du für immer hier."

Ihre Hand fasste Hinderks Handgelenk, doch er riss sich los und verschwand in der Dunkelheit.

„Feigling", rief sie ihm hinterher, als die Stimme sie aufhielt, mit ihm zu fliehen. „Bärbel, wenn du jetzt gehst, ist deine letzte Chance vertan."

„Meine letzte Chance? Worauf?", fragte sie und das Licht um den steinernen Engel wechselte von Blau zu Grün.

„Dem Teufel kannst du nur entkommen", sagte die Stimme, untermalt von einem Zischen, das den beweglichen Engel mit neuem Dampf umhüllte, dessen Augen nun rot durch den Nebel flackerten. „Dem Fürst der Finsternis kannst du nur entkommen", wiederholte die Stimme, „wenn du ..."

„Was soll ich tun", rief Bärbel in die Pause hinein und das Licht wechselte nach Gelb. Das war der Moment, in dem Hinderk das Tonband erreichte. Gerade noch rechtzeitig. Er hatte nicht damit gerechnet, dass sie so schnell klein beigeben würde. Er stellte es ab und nahm das Mikrofon in die Hand.

„Kein Leichenschmaus. Es wird nicht mehr geschnorrt."

„Aber ..."

„Auch keine Ostfriesentorte. Nicht ein einziges Stück trockenen Kuchen, sonst ..."

„Ja?"

„Sonst wird die nächste Beerdigung die deine sein."

„Ich verstehe nicht?"

„Was ist daran so schwer zu verstehen? Noch ein Mal schnorren und du bist tot."

Oostfresentort – Ostfriesentorte

Die Ostfriesentorte wird mit Biskuit, Sahne und eingelegten Branntwein- oder Rumrosinen gemacht und ist ein Klassiker unter den Süßspeisen der Region. Auch die in Branntwein eingelegten Rosinen haben in Ostfriesland Tradition: Wenn ein Kind geboren wird, setzt man schon Wochen zuvor einen Topf „Kinnertön" (auch „Sienbohnensopp" oder Ostfriesische Bohnensuppe) an. Um das Neugeborene auf der Welt willkommen zu heißen, kommen Familie, Freunde und Nachbarn zur „Puppvisit" vorbei und dabei wird das hochprozentige Getränk löffelweise genossen.

Eine Variante des Tortenklassikers ist die Friesentorte, eine Spezialität, die in Nordfriesland verbreitet ist. Sie besteht aus Mürbe-, Knet- oder Blätterteig, Schlagsahne und Pflaumenmus. Dabei werden Pflaumenmus, Schlagsahne mit Vanillezucker und Teigböden geschichtet. Den Abschluss bildet eine Sahneschicht, auf der dreieckige Teigstücke (eines je Tortenstück) schräg aufgesetzt werden.

Oostfresentort mit Burenjungs –
Ostfriesentorte mit Branntweinrosinen

Zutaten	*Belag*
6 Eier	2–3 Tassen Branntweinrosinen
200 g Zucker	600 ml Sahne
125 g Weizenmehl	3 Päckchen Sahnesteif
125 g Speisestärke	6 EL Branntweinrosinen-Sud
1 Päckchen Bourbon Vanillezucker	
6 EL Zucker	
½ Päckchen Backpulver	
1 Prise Salz	
4 EL Branntweinrosinen-Sud	

Zubereitung

Die Eier trennen. Das Eigelb mit dem Zucker und dem
Vanillezucker schaumig schlagen, heißes Wasser zugeben.
Das Mehl und die Speisestärke mit Backpulver und Salz
vermischen. Alles auf die Creme sieben und unterrühren.
Das Eiweiß steif schlagen und ebenfalls unterheben. Vier
Esslöffel Branntweinrosinen-Sud dazugeben.
Eine Springform mit Papier auslegen, den Teig in die Form
füllen und bei 170 Grad etwa 30 Minuten backen. Den
abgekühlten Biskuitboden zweimal waagerecht durch-
schneiden. Sahne und Sahnesteif schlagen. Sechs Esslöffel
Branntweinrosinen-Sud unterrühren. Den unteren Boden
mit einem Drittel der Sahne bestreichen und mit Branntweinrosinen belegen. Die zweite Biskuitplatte obenauf
legen, mit einem weiteren Drittel der Sahne bestreichen
und ebenfalls mit Branntweinrosinen versehen. Die dritte
Platte auflegen und die Torte oben und rundum mit Sahne
bestreichen. Zur Verzierung in die Mitte einen Kreis aus
Branntweinrosinen legen.

Rullerkes – Neujahrskuchen

Kai Kurgan

Renas Rezept

Der Schnee knirschte unter Renas Stiefeln, als sie auf dem langen Ackerpfad zum Dorf stapfte. Graue, dicke Wollstrümpfe wärmten ihre Füße. Ihr kleiner, rundlicher Leib war in einen Mantel gehüllt. Eine weiße Mütze und ein schwarzer Schal – beides hatte sie selbst gestrickt –schützten ihr Haupt vor der schneidenden Kälte. Renas Wangen glühten rosarot. Doch das taten sie immer. Nicht nur im Winter oder wenn es kalt war. Und die Farbe verlieh ihrem verlebten, müden Gesicht so zumindest etwas Frische. Genau wie dieses stille, scheue Lächeln, das sie auf den Lippen trug, wenn sie unter Menschen war. Doch eben nur dort.

Vom Hof Hamer bis zum Dorf war es nicht weit. Eine Viertelstunde zu Fuß. Doch der Schnee erschwerte jeden Schritt. Und es wurde dunkel.

Rena sah in der Dämmerung die Schornsteine der Häuser des Dorfes rauchen und die ersten Lichter hinter den Fenstern blitzen. Sie hoffte, dass die Bäckerei noch geöffnet war, denn sie musste doch die Zutaten kaufen. In drei Tagen war Neujahr. Dann sollte es wieder „Rullerkes" geben. Knusprige, zarte Waffeln, frisch im heißen Eisen gebacken und zum Hörnchen aufgerollt. So war es Brauch hier. Renas Mann, Meint, liebte das Backen. Denn dazu gab es immer ordentlich Hoppelpoppel, einen Eierpunsch mit viel „Schuss". Den trank er immer zwischendurch, beim Aufrollen der Waffeln, wenn er vom Teig und den „Rullerkes" naschte. Mehr als genug. So hatte Meint es am liebsten.

Rena hatte Glück. Es war noch früh genug. Im Dorf selbst lag der Schnee nicht so hoch. Sie trippelte über das Kopfsteinpflaster des Marktplatzes hinüber zur Bäckerei. Angenehme Wärme hüllte sie ein und ein süßer Duft strömte ihr entgegen, als sie durch die schwere Tür schlüpfte, die quietschend zurückschwang. Ein Glöckchen klingelte. Rena stampfte auf die Fußmatte, um ihre Stiefel vom Schnee zu befreien. Dabei rieb sie sich die Hände, die in grauen Fäustlingen aus Lammfell steckten. Die Handschuhe schützten vor der Kälte. Und vor den Blicken.

Auf dem hohen Tresen, der vor der Regalwand mit Backwaren und Brotlaiben stand, reihten sich kleine Tütchen mit Keksen, in Papier eingeschlagene Schwarzbrote und weiße Säckchen mit handbeschrifteten Etiketten. Feingeschwungene Lettern verrieten den Inhalt: Es waren Teigmischungen für Speckendicken – und Mehl für „Rullerkes".

Rena atmete auf. Jetzt konnte sie den Teig zubereiten und die Waffeln backen. So wie Meint sie am liebsten hatte. Jeder machte sie anders. Und hier im Rheiderland, so schien es, hatte jedes Haus sein eigenes Rezept. Die einen nahmen mehr Gewürze, andere machten die Waffeln besonders hauchdünn und zart.

Es polterte hinter der Theke. Ächzend richtete sich eine wohlbeleibte Frau auf, die eine Schürze mit breiter Rüsche am Saum um ihren Bauch trug. Es war Wilma, die Frau vom Bäckermeister Warns. Sie schnaufte und hob einen Kasten mit Broten hoch. Offenbar waren es die Reste vom Tag. Es wurde eingepackt, der Laden schloss bald. Wilma schob sich eine fettige Haarsträhne aus dem Gesicht und stützte sich mit den Fäusten auf dem Tresen ab.

„Moin, Rena! Wie geht's dir? So spät noch hier?" Frau Warns reichte ihr strahlend die teigbepuderte, verschwitzte Hand. Rena ergriff zögernd das Gelenk und schüttelte es leicht.

„Was kann ich für dich tun?" Wilma wischte sich die Hände an der fleckigen Schürze ab.

Rena deutete mit dem Handschuh auf eines der Säckchen

auf dem Tresen. „Ein Pfund Mehl, bitte“, sagte sie und setzte ihr stilles, scheues Lächeln auf.

Wilmas Augen leuchteten. „Oh, für „Rullerkes“? Es ist wieder so weit, nicht wahr?“ Sie zwinkerte Rena fast schon verschwörerisch zu.

Rena nickte verlegen. Die feinen Äderchen auf ihren Wangen begannen zu glühen – und die Röte im Gesicht breitete sich rasch wie ein Fleck rund um ihre Nase aus.

„Ach, Rena ...“ – Wilma schmunzelte über die Schüchternheit ihrer Kundin, die etwas Rührendes hatte. Sie kramte eine große Papiertüte unter der Theke hervor.

„Hast du auch die Gewürze schon? Zimt, Kardamom ... und was war das noch?“, fragte sie lauernd.

Rena lächelte weiter still vor sich hin. Die Gewürze hatte sie. Schon längst.

„Ich kann dich nicht reinlegen, was?“ Wilma lachte meckernd. „Ich probier es jedes Jahr. Aber nie erzählst du mir, was du in den Teig tust.“

Rena schüttelte den Kopf. Sie räusperte sich und erklärte fast schon entschuldigend: „Nein, das Rezept ist von Meints Mutter. Er liebt es. Aber er ist auch ein bisschen eigen damit.“ Sie zuckte mit den Schultern.

„Ist schon in Ordnung, Rena“, Wilma winkte ab, „aber wenn du mir nach Neujahr eine kleine Kanne mit deinen ‚Rullerkes‘ vorbei bringst, wäre das sehr nett. Ich lass dir das Mehl auch billiger!“ Sie zwinkerte ihr zu.

„Das will ich gerne tun“, Rena nickte eifrig, „wenn noch was übrig ist ...“

Wilma schmunzelte. Sie wusste, sie konnte sich darauf verlassen. Jedes Jahr bekam sie die Waffelhörnchen vom Hof Hamer. Und sie freute sich schon jetzt darauf, denn Renas „Rullerkes“ waren wirklich etwas Besonderes. Selbst ihr

Mann, der alte Bäckermeister, kam nicht hinter das Rezept. Er hatte auf eine besondere Mischung aus Zimt und Anis getippt, aber sicher war er sich nicht. Renas Waffeln waren so zart und so voller Geschmack. Wenn sie im Mund zerbrachen, dann strömte eine Süße und Würze über den Gaumen, die jeden Feinschmecker vor Glück innehalten ließ. Ein betörender Rausch an Aromen und Düften erwachte, der in allen Sinnen lange nachklang.

Auch der Anblick dieser Waffeln war eine Wonne. Meint Hamer hatte noch so ein altes Waffeleisen mit Stangengriffen und Scharnier. Es befand sich schon seit Generationen im Familienbesitz. Rena hatte mal erzählt, dass Meints Großvater es hatte machen lassen. Die tellergroßen Platten, zwischen denen die „Rullerkes" über offenem Feuer gebacken wurden, waren einst von einem Schmiedemeister verziert worden: Inmitten eines Rautengitters zeigten sich die Umrisse einer Sau, in deren Inneren ein Kleeblatt zu sehen war – denn mit der Schweinezucht hatte der Großvater von Meint früher sein Glück gemacht. Umringt wurden diese Symbole von einer Inschrift: „Gott segne den Hof Hamer". Und die Jahreszahl 1740 stand da auch noch.

Es war eine wunderbare Arbeit. Und die Waffeln erhielten dadurch eine ganz persönliche Note. Wie ein Siegel oder eine Unterschrift unter einem Brief. Genauso unverwechselbar wie Renas „Rullerkes".

„Hat Meint das Waffeleisen schon ordentlich gefettet?", fragte Wilma.

Rena schüttelte den Kopf. „Noch nicht. Aber er hat es schon aus dem Schuppen geholt." Da lag das Eisen das ganze Jahr über. Zwischen den Schürhaken, Seilen und Riemen. Bis zum Silvestermorgen. Dann holte Meint es heraus, rieb es mit Butter (Anmerkung: früher nahm man eine Speckschwarte) ein und heizte den Ofen an, damit gebacken werden konnte. Natürlich gab es da schon die ersten „Hoppelpoppel". So hatte Meint es eben am liebsten.

„Wie habt ihr denn Weihnachten verlebt?", fragte Wilma, während sie die Säckchen mit dem Mehl in eine große Papiertüte packte und diese mit ein paar geübten Knicken und Falzen zu verschließen begann.

„Gut! Danke. Es war einfach … schön." Rena suchte einen Hauch zu lange nach dem letzten Wort. Doch das fiel Wilma nicht auf.

Ja, Weihnachten war wie immer gewesen. Wie immer, seit sie mit Meint verheiratet war. Außer in den ersten Jahren vielleicht, als sie ihn gerade kennen und lieben gelernt hatte.

Sie war auch diesmal, wie jedes Jahr, mit Meint zur Kirche gegangen, hatte die Weihnachtspredigt von Pastor Liebmann gehört und am Ende mit allen im Dorf „Oh, du fröhliche" gesungen. Als sie wieder auf dem Hof waren, hatten sie gemeinsam gegessen. Allein. Denn Kinder hatten sie nicht. Es lag an ihr. Sagte Meint. Nun war es ohnehin zu spät. Rena war Mitte vierzig. Sie sah aber älter aus.

Meints Eltern waren schon lange tot. Nur Renas Mutter lebte noch. Aber die wohnte im Emsland. Nur selten besuchten sie sich. Meint hatte ihre Mutter nie gemocht. Und umgekehrt war es wohl ebenso.

Rena hatte auch in diesem Jahr an Weihnachten Ente zubereitet. Die Haut schön kross, die Soße mit etwas Rotwein angerichtet. Dazu Kartoffeln und Rotkohl. So hatte es Meint am liebsten.

Rena hatte den ganzen Tag dafür in der Küche gestanden. Meint hatte in zehn Minuten alles hinuntergeschlungen und dazu ordentlich Schnaps gesoffen. Als die Töpfe leer waren und auch der köstliche Vanillepudding verzehrt war, den es zum Nachtisch gegeben hatte, hatte Meint noch mehr Schnaps gesoffen. Dann hatte er Rena zu sich herübergezogen. Seine Finger, noch fettig vom Entenfleisch, waren unter ihr Kleid gerutscht. Und dann hatte er sie auf den Boden gezogen und sie sich genommen. Schnell und hart. So hatte es Meint am liebsten.

Es war nicht das erste Mal gewesen. Einmal hatte sie sich gewehrt. Und dann hatte er sie in den Schuppen gezerrt. Zu den Schürhaken und den Riemen.

„So, Rena. Das macht dann sieben Groschen." – Wilma schob lächelnd die Papiertüte über den Tisch. Es knirschte, denn die Theke war noch voll von Backmehl.

Rena holte ihre Geldbörse aus der Manteltasche und zog den Handschuh aus, um das Kleingeld herauszuholen.

„Du meine Güte, Rena! Was hast du denn gemacht?", rief Wilma erschrocken – und zeigte auf die Hand der Bäuerin. Ein großer, grün-blauer Flecken überzog ihren Rücken.

Vorsichtig strich Rena über ihre Hand. Es tat immer noch weh. „Das ... das ist im Stall passiert", setzte sie an. „Die Tür ist zugeschwungen und ich hab's nicht gemerkt. Hab mir die Hand gequetscht."

Wilma nickte mitleidig. „Ja, das tut sicher sehr weh", pflichtete sie ihr bei.

„Ach, das wird schon wieder. Ist schon gar nicht mehr so schlimm." Hastig legte Rena die abgezählten Groschen auf die Theke, zog sich den Handschuh wieder über und nahm die Tüte mit dem Mehl.

„Danke, Rena – und wenn wir uns nicht mehr sehen: Guten Rutsch!", flötete Wilma.

„Ja, euch auch einen guten Rutsch" – ihre Wangen glühten tiefrot und ihre Augen strahlten, als Rena den Laden verließ. Vor der Tür empfing sie wieder die schneidende Kälte des Ostwindes, und leichter Schneefall setzte ein. Es war Zeit, nach Hause zu gehen. Sie überlegte. Hatte sie wirklich alles zusammen für das Rezept? Mit zusammengekniffenen Augen blinzelte sie zu den Häusern auf der anderen Straßenseite hinüber. Giebel an Giebel standen sie dicht nebeneinander. Mittendrin, wie eingekeilt, war ein schmales, kleines Haus mit hohen Fenstern. Es war der Laden von Herrn Möller. Die Apotheke. Sie war noch geöffnet.

Rena hielt inne.

Nein, sie hatte noch nicht alles für das Rezept ...

* * *

Am 3. Januar des neuen Jahres entschloss sich Pastor Liebmann, zum Hof Hamer zu gehen, um nach dem Rechten zu schauen. Seit Neujahr schon hatte man nichts von den Eheleuten gesehen. Das war ungewöhnlich, denn Rena kam mindestens einmal am Tag ins Dorf, um Besorgungen zu erledigen. Und an dem ersten Sonntag im neuen Jahr waren beide auch nicht beim Gottesdienst in der Kirche gewesen.

Pastor Liebmann wäre es vielleicht nicht aufgefallen, wenn nicht die gute Bäckersfrau Wilma so inständig darauf gepocht hätte, dass hier etwas nicht stimmte. Und sie hatte dem Gottesmann erzählt von Renas letztem Besuch im Laden – und von den fürchterlichen Flecken auf der Hand.

So stapfte Liebmann über den gefrorenen Ackerpfad dem Hof Hamer entgegen. Er keuchte, denn bei seiner Leibesfülle war es ein beschwerlicher Marsch durch den hohen Schnee. Ein merkwürdiges Rufen drang aus der Ferne zu ihm herüber. Der Pastor blieb stehen und lauschte. Kühe. Das war das Schreien von Kühen. Es kam vom Hof. Als Landpastor wusste Liebmann: Wenn Kühe so schrien, dann waren sie lange nicht gemolken worden.

Liebmann kämpfte sich weiter durch den Schnee und erreichte endlich schnaufend und schwitzend den Hof. Auf dem Platz vor dem Bauernhaus lag ein Haufen, von Schnee bedeckt. Jeder Fremde hätte gemerkt: Dieser Haufen gehörte hier nicht hin. Und als der Pastor näher kam, sah er die verkrampfte, blaue Hand, die daraus hervorragte.

Zitternd und mit klopfendem Herzen beugte sich Liebmann herunter. Er drehte den erstarrten Leib auf die Seite, der da vor ihm im Schnee lag, in einer stinkenden Lache von Blut und Erbrochenem. Voll Entsetzen schaute er in das verzerrte Gesicht von Meint Hamer. Roter Schaum stand dem toten Bauern vor dem Mund, und die Zunge hing ihm dick, blau und gefroren aus dem Schlund.

Langsam ließ Liebmann den Leichnam wieder zur Seite sinken und blickte hinüber zum Haus. Die Tür stand offen. Es roch nach kaltem Rauch, als der Pastor über die schneebedeckte Schwelle in den kleinen Flur trat. Und ein Hauch von Zimt lag da noch in der Luft.

Pastor Liebmann schlich, aschfahl und von lähmender Furcht gepackt, durch das Haus, in dem ein Schweigen so kalt und starr wie der Winter lag. Er betrat die Küche – und hielt den Atem an.

Ein umgestürzter Stuhl. Scherben. Spuren eines Kampfes. Auf dem Boden zerbrochene Teller. Besteck. Eine Kumme. Mit den Resten eines braunen, stinkenden Teigs, vom Schimmel überzogen. Und dann ein schwarzes, schweres Waffeleisen – direkt neben dem Kopf von Rena Hamer.

Ihr Gesicht war nicht mehr. Wo ihre rosaroten Wangen einst blühten, klafften zwei Wunden. Und in feuerroten Lettern stand ins Fleisch gebrannt: „Gott segne den Hof Hamer"!

Liebmann erstarrte. Rena hatte immer noch ihr stilles, scheues Lächeln auf den Lippen. Sie wirkte wie erlöst.

Rullerkes - Neujahrskuchen

„Glückelk Neejohr – sünd de Koken all kloor?", sagt man hierzulande auf Plattdeutsch. Das bedeutet soviel wie: „Frohes neues Jahr – sind die Kuchen schon fertig?" Gemeint sind Neujahrskuchen, die zum Jahreswechsel in Ostfriesland gebacken werden. Je nach Region nennt man sie auch Krüllkuchen, „Neejahrskoken", „Knappkaukjes" oder „Rullerkes". Die hauchdünnen Waffeln werden in der Regel am Neujahrstag das erste Mal angeboten, dann wenn Nachbarn und Freunde einander einen Neujahrsbesuch abstatten. Um das zarte und zugleich knusprige Gebäck herzustellen, benötigt man ein spezielles Hörncheneisen – ein normales Waffeleisen ist dafür nicht geeignet. Früher benutzte man Zangenbackeisen (auch „Isder" oder Klemmeisen genannt), deren Motive und Inschriften sich auf das Gebäck übertrugen. Heute werden die Neujahrskuchen mit elektrischen Geräten produziert, und das nicht mehr ausschließlich in ostfriesischen Küchen, sondern auch industriell.

Neujahrskuchen

Zutaten
500 g Weizenmehl
300 g Zucker
250 g zerlassene Butter
3 Eier
½ l abgekochtes Wasser
7,5 g gemahlenen Kardamom
15 g gemahlenen Anis
eventuell zusätzlich 1 EL ungemahlener Anis

Zubereitung
Den Zucker in dem abgekochten Wasser auflösen und abkühlen lassen. Die Butter verflüssigen und ebenfalls abkühlen lassen, dann mit einem Handmixgerät schaumig schlagen und nach und nach die Eier, die Gewürze, die Zuckerlösung und das Mehl hinzugeben. Je nach Geschmack kann noch ein Esslöffel ungemahlener Anis unter den Teig gerührt werden. Wichtig: Die Teigmasse sollte leicht vom Löffel gleiten. Den Teig über Nacht stehen lassen und nochmals die Löffelprobe machen: Fließt der Teig nicht leicht genug vom Löffel, muss noch Wasser hinzugefügt werden.
Das Backen: Den Teig mit einem Sahnelöffel in der Mitte des Neujahrskucheneisens verteilen und dünn ausbacken. Den flachen Kuchen vorsichtig mit einer Gabel vom Eisen aufnehmen und sofort zu einer spitzen Tüte zusammendrehen. Die Neujahrskuchen sollten noch während des Erkaltens in eine Blechdose gelegt werden, denn sie ziehen schnell Wasser und sind dann nicht mehr kross. Deshalb sollte man „Rullerkes" immer in geschlossenen Behältern lagern.

Die Autoren

Silke Arends ist Journalistin (seit vielen Jahren für das Ostfriesland Magazin) und Autorin. Neben „Ostfrisica" (Ostfriesland Verlag – SKN; Koehler, Hamburg; Wachholtz, Hamburg) hat Silke Arends auch „Literarisches" und „Kindgerechtes" veröffentlicht – z. B. das Kinderbuch für alle Lebensalter „Klabautermann und die verschwundenen Kapitänslöffel". Ebenso finden sich ihre Geschichten in der von der Stiftung Lesung ausgezeichneten Kinderzeitschrift „Gecko" – und werden sogar in China gelesen! Dass sie sich dem Genre „Kriminalistisches" widmet, hat mit der Faszination Mensch zu tun. Und dann sind da noch ihre Publikationen, die Meer und Mensch im Fokus haben: „Das Seenotretterkochbuch" (Koehler, Hamburg), „Das Nordseefischerkochbuch" (Koehler, Hamburg) und „Das Ostseefischerkochbuch" (Koehler, Hamburg).

Ocke Aukes lebt seit ihrer Kindheit auf der Insel Borkum. Sie ist in der Touristikbranche selbstständig tätig, schreibt daneben leidenschaftlich gerne Geschichten in Hoch- und Plattdeutsch. Mehrere Borkum-Krimis stammen aus ihrer Feder, zuletzt erschien der Inselkrimi „Sommer, Sonne, Sonnenstich" im Emons-Verlag, im Mai 2015 folgte „Auf Ameroog ist alles anders". Ocke Aukes ist Mitglied des Zusammenschlusses deutscher Krimiautoren, „Syndikat".

Jan Brandt, geboren 1974 in Leer (Ostfriesland), veröffentlichte 2011 den Roman „Gegen die Welt", der auf der Shortlist für den Deutschen Buchpreis stand und mit dem Nicolas-Born-Debütpreis ausgezeichnet wurde. 2015 erschien der Reisebericht „Tod in Turin", im Sommer 2016 erscheint der Reportagenband „Stadt ohne Engel – Wahre Geschichten aus Los Angeles".

Bernd Flessner, geboren 1957 in Göttingen, studierte Germanistik, Theaterwissenschaft und Geschichte in Erlangen. Der Schriftsteller, Publizist und Zukunftsforscher unterrichtet am Zentralinstitut für Angewandte Ethik und Wissenschaftskommunikation der Universität Erlangen-Nürnberg. Er schreibt u. a. für die Neue Zürcher Zeitung, mare – Die Zeitschrift der Meere und das Ostfriesland

Magazin. Letzte Veröffentlichungen: „Tod auf dem Siel", Krimi, Leer 2014; „25 Jahre Kunsthalle Emden", Chronik, Emden/Norden 2011; „Raritäten im Wind", Norden 2012; „Expeditionen zum Planeten Franconia - Neue Science Fiction aus Franken", Anthologie, Neustadt an der Aisch, 2012; außerdem seit 1977 fünf Kinderbücher mit „Lükko Leuchtturm". Flessner erhielt 2007 den Utopia-Literaturpreis der „Gesellschafter" (Aktion Mensch). Mehr unter: www.bernd-flessner. de.

Lübbert R. Haneborger, geboren 1970 in Aurich, studierte Germanistik, Kunst und Soziologie in Oldenburg. Ende 2004 promovierte er mit einer kulturwissenschaftlichen Forschungsarbeit zur Entstehung und Entwicklung der Bildform des Berner Hyperrealisten Franz Gertsch. Neben seiner Tätigkeit als freier Journalist für das Ostfriesland Magazin ist er als Sachbuch- und Krimiautor für Erwachsene und Kinder aktiv. Zuletzt erschienen: „Das Schlosspark-Geheimnis" (Deutscher Gartenbuchpreis 2014; für Kinder) und „Echte Oldersumer. Die diebischen Werftarbeiter Joke & Harm ermitteln" (6 Kriminalgrotesken aus Ostfriesland, 2015; für Erwachsene). Mehr unter: www.leocardiounddomec.de und www.facebook.com/pages/Echte-Oldersumer

Anna Sophie Inden wurde 1987 in Wilhelmshaven geboren und lebt in Jever. Aufgewachsen ist sie in einem Haus voller Bücher und Zeitschriften; die Affinität zum gedruckten Wort liegt also in der Familie. In Oldenburg und Groningen hat sie niederländische Literatur und materielle Kultur studiert. Seit Juli 2014 arbeitet sie als Redakteurin beim Ostfriesland Magazin. 2013 wurde Anna Sophie Inden für ihre Reportage „Ein Schlag. Zwei Leben." mit dem Nachwuchs-Journalistenpreis vom Presseklub Bremerhaven-Unterweser ausgezeichnet; im November 2015 folgte ein bundesweit ausgeschriebener Journalistenpreis vom Weissen Ring e. V.

Kai-Uwe Hanken alias Kai Kurgan wurde 1971 im Rheiderland geboren und erkundet gerne die Schattenseiten des Landes zwischen Ems und Dollart. Er schreibt bevorzugt schwarze Geschichten, die an der Friesenküste angesiedelt sind. Die Erlebnis-Lesungen des stimm-

gewaltigen Autors erfreuen sich großer Beliebtheit. In alten Gemäuern wie Kirchen, Gulfhöfen und Steinhäusern entfalten die düsteren Geschichten eine besondere Wirkung. Kurgan liest, spricht und spielt seine Erzählungen, zum Teil unterlegt von dramatischen Ton- und Lichteffekten von seinem Licht- und Klangmeister, dem Musiker und Produzenten Harry de Winter. Zuletzt erschienen seine Geschichtensammlung „Schauerwellen und Schattenseiten" (Ostfriesland Verlag – SKN) und das Hörbuch „Fangfahrt". Mehr unter: www.kaikurgan.de oder www.facebook.com/KaiKurgan

Usch Luhn wurde in einem Dorf in Österreich geboren. Später zog sie nach Berlin und studierte an der Freien Universität Berlin Kommunikationswissenschaften. Danach arbeitete sie einige Jahre beim Radio und beim Kinderfernsehen. Schließlich fing sie an, längere Geschichten zu schreiben und machte eine weitere Ausbildung zur Drehbuchautorin. Seitdem arbeitet sie auch für den Film und unterrichtet an einer Filmschule. Wenn sie nicht durch die Weltgeschichte reist und aus ihren Büchern vorliest, wohnt sie abwechselnd in Berlin und Ostfriesland. Viele ihrer Bücher wurden in andere Sprachen übersetzt. Im April 2012 erschien mit „Herzgespinst" ihr erster Thriller.

Jutta Oltmanns wurde 1964 geboren und wuchs in Ostfriesland auf. Aus der Leidenschaft für das Lesen und der Faszination für die ostfriesische Geschichte entstand der Wunsch, selbst schriftstellerisch tätig zu werden. Sechs historische Romane hat die Autorin in den letzten 15 Jahren veröffentlicht, dazu eine Vielzahl von Kurzgeschichten, Lyrik und Liedertexten. Ihr neuestes Buch „Windstochter" erschien im Frühjahr 2014 im Heyne Verlag. Für ihre niederdeutsche Erzählung „Swartbunt hett dusend Klören" erhielt die Autorin im Februar 2015 den Johann-Friedrich-Dirks Preis. Jutta Oltmanns lebt in der Nähe eines idyllischen Kanals in Warsingsfehn. Sie hat zwei Söhne und arbeitet hauptberuflich bei der Bundesanstalt für Verwaltungsdienstleistungen in Aurich. Mehr unter: www.jutta-oltmanns.de

Anja Reuter, geboren und aufgewachsen in Fischtown Bremerhaven, wagte nach dem Abitur den Blick über den Tellerrand und zog ins Schwabenländle. Dort studierte sie in Nürtingen Kunsttherapie und lernte ganz nebenbei, wie man Käs'spätzle macht und Schwäbisch schwätzt. Nach dem Diplom ging es in die bayerische Provinz. Hier musste sie erkennen, dass „bei der Kirche" und „im Biergarten" vage Ortsangaben sind. Es zog sie wieder in den Norden und seit 2012 nennt sie Ostfriesland ihre Heimat. Wenn sie sich nicht künstlerisch mit Pinsel und Farbe ausdrückt, verpackt sie ihre Gedanken auch gerne mal – wie hier – in Worte.

Andreas Scheepker ist gebürtiger Ostfriese, geboren (Jahrgang 1963) und aufgewachsen in Hage bei Norden. Er hat Evang. Theologie und Judaistik, später Literaturwissenschaft, Geschichte und Pädagogik studiert. Er war mehrere Jahre als Gemeindepastor und im Bildungsbereich der Evang. Kirche in Ostfriesland tätig. Heute arbeitet er als Schulpastor am Gymnasium Ulricianum in Aurich und als Studienleiter in der Arbeitsstelle für Religionspädagogik. Er lebt mit seiner Frau und seinem Sohn in Aurich. Neben Veröffentlichungen in seinen beruflichen Fachgebieten hat er fünf Kriminalromane und mehrere Kurzgeschichten veröffentlicht, die alle in Ostfriesland spielen.

Hans-Erich Viet, 1953 am Dollart geboren, lebt dort und in Berlin und anderswo. Er ist Regisseur, Autor und Produzent. Er begann als Chemielaborant in Leer, arbeitete dann im sozialen Bereich in England und Irland. Nach Zwischenstopps als Waldarbeiter, LKW-Fahrer und Weihnachtsmann studierte er Politische Wissenschaften, Philosophie und Kunstsoziologie in Berlin und Belfast. Nach seinem Diplom als Politologe studierte er an der Deutschen Film- und Fernsehakademie Berlin (dffb). Seit 2006 war er Professor für Spielfilm an der Internationalen Filmschule (ifs) in Köln. Mit „Schnaps im Wasserkessel" und „Karniggels" (als Co-Regie mit Detlev Buck) begann seine filmische Arbeit. Viet dreht Dokumentarfilme und Spielfilme fürs Fernsehen (u.a. „Polizeiruf 110"), einige waren im Kino zu sehen. Der Rheiderländer erhielt diverse Preise, u.a. den Grimme-Preis, eine Grimme-Preis-Nominierung, die Bundesfilmpreis-Nominierung, den Ministerpräsidentenpreis beim Max-Ophüls-Festival und den Filmpreis des Deutschen Gewerkschaftsbundes. Viet ist Mitglied der Deutschen Filmakademie, spricht lieber Plattdeutsch als Hochdeutsch, kocht gerne und mag Katzen, Motorräder und alte Segelboote.

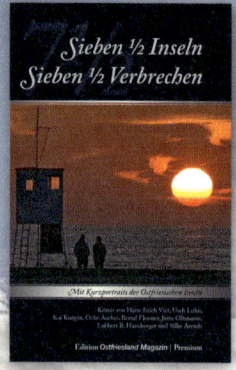  
 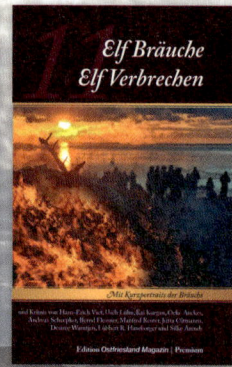